昭和生まれの満洲育ち

共産主義・地獄からの脱出、格闘、結着

金子　甫

産経リーブル

序文

龍谷大学名誉教授　木村勝造

一

金子君が恐らく最後と思われる著述を書いた。そのこと自体を大いに称えたい。同じ九十歳を目前に控えたものとして、それがどれ位に心身の労苦、要らざる人との交渉をはらむ煩わしいものであるかを知っているからだ。よくぞやったと言いたい。

そこで、序文にはふさわしくないかも知れないが、読者（そう多くない、しかし貴重な読者）への注文を付けることから始めたい。

今九十に近い世代、特に自分の行程をリテラシー（文盲でない態《たい》）をもって巡りうる人は、およそ六〜七十年の間に三回の思想・信条の転換、と言って軽ければ、敢えて「大転向」と言うべきものを経験しているものだ。「転向」という言葉は、権力によって強制された共産主義者のケースに専用されてきたので、それに伴う悪いイメージが染みついているが、我々のそれは全く性質が違って、「誰にも強制されない」「内心の要求からの」全く「自発的な」ものである。それに伴う自己自身の苦しみは表現が困難なほどのもので、自分の内部に長く持っていた信条を吐き出すだけでなく、まるで内臓を吐き出すような苦しみであった。これを十分に表現するには恐らく十数枚の鋭い短編を必要とするが、今その用意はない。だから、読者諸君の想像力に頼るしかない。

二

金子君は満洲におけるソ連軍の強奪・強姦の恐るべき状況から始めている。これは戦後間もなく共産主義の〝とりこ〟になっていた私や金子君から見ると〝苦々しい事実〟であったが、実体験者である金子君にとっては、まだお若く美人でもあられた母をどう守るかという痛切なものであったろう。それはとにかく書かれている。しかし私の「文学者」めいた眼には、この満洲体験は意外にアッサリ書かれている。この不満を著者に述べたが、金子君としては「これ以上に書くことはない、精一杯だ。」とのことであった。

私にかんして言えば、比較的楽に共産党に近づいて入り、大真面目で「民衆の旗赤旗は……その陰に死を誓う、卑怯者去らば去れ、われらは赤旗守る」と大本気で歌い、大学停学、退学は当たり前、大いに頑張った。そのあと何と共産党から除名され、「反日共〔日本共産党〕《につきょう》の共産党」の立場でいろいろの道を辿り、更にその「本当の共産党」からも出ざるを得ない「大転向」になるわけだ。この辺は人間過程としては複雑で長い叙述が必要だが、金子君はほぼ専ら理論問題に集中して、詳細に、しかし明快に書いてくれていて、今の読者にも分かるだろう。余人、例えば私には出来ないことで、長く価値を保つだろう。しかし繰り返し述べてきたように背景は複雑な歴史である。若い読者の想像力を待ち望む。

以上

著者まえがき

昭和二〇年（一九四五年）八月一五日、一二歳の中学一年生だった私は、満洲（現在、中国東北地区）の奉天（現在、瀋陽）で昭和天皇の「玉音放送」を聴いた。ラジオの雑音がひどくて聴き取りにくかったが、「耐え難きを耐え、忍び難きを忍び」というお言葉によって日本の敗戦を悟り、その数日後にソ連軍＝赤軍がやってきた。そこから話し始める私の体験は、日本軍がアメリカ主導の連合軍に降伏した時からの日本の劇的な変化の一端であり、その根源は世界の巨大激動だった。

昭和七年（一九三二年）一二月に東京で生まれた私は、昭和一四年（一九三九年）四月、小学校に入学した直後に満洲の奉天に移り住んで、「満洲育ち」になった。ところが昭和二〇年八月一五日に日本軍が連合軍に降伏し、自ら武器を置いた五日後、ソ連の赤軍＝共産軍が奉天の住宅街にやって来て、平和だった町は地獄に一変し、略奪、暴行、強姦、殺戮の嵐が荒れ狂った。私の家も銃剣や自動小銃を持ったソ連兵に数回襲われ、父と共に母を隠して必死に応対したが、時計、カメラ、万年筆など、彼らにとっての珍品・貴重品は全て奪われた。多数の同胞が殺され、拉致され、餓死し、コレラや発疹チフスなどの疫病で死んだ。そして約七ヵ月後、ソ連軍は満洲の工業設備や自国で欠乏している物資を根こそぎ「撤去」つまり略奪してソ連に持ち帰り、その後に中共軍（中国共産党軍）、次いで国府軍（中国国民政府軍）がやって来た。

国府軍の占領下でようやく日本人の引き揚げが開始されて、私たち家族は昭和二一年（一九四六年）一〇月、瀋陽から屋根のない貨物列車で満洲南西部の葫蘆島《ころとう》に運ばれ、その港で米国製のリバティー型輸送船に積み込まれて、米軍占領下の日本に帰ってきた。

私たちは父の故郷、福岡県の農村（山門《やまと》郡城内村《ぐんしろうちむら》、現在は柳川市）に行き、伯父が農業の傍ら経営していた精米所に隣接する六畳一間の小屋に落ち着いた。それまで貨物のように輸送されてきた私たちは、ようやく足をのびのびと伸ばして眠ることができた。

その翌月、昭和二一年（一九四六年）一一月には、米軍＝占領軍によって作成された「日本国憲法」が公布され、私が受けていた中等教育にも制度改革の激変が始まろうとする矢先だった。しかし私自身は翌年の四月、中学三年生になって間もない頃、原因不明の激しい痙攣《けいれん》発作に連日襲われて休学しなければならなかった。

一年後に復学して再び三年生になった時、小学校六年・中学校五年の学校制度が、小学校六年・中学校三年・高等学校三年の6・3・3制と呼ばれたアメリカ様式に変わっていた。一年前に福岡県立中学伝習館三年生だった私は、伝習館高等学校併置中学三年生として復学したのである。併置中学とは、私たちのように旧制中学に入学した者がその四年生に相当する新制高校一年生になるまでの過渡的制度だった。

私は社会的にも個人的にも目が回るような複合的変化に翻弄されていた。その上、復学して一年後の昭和二四年春には自動的に伝習館高校の一年生になるはずだったのに、その前年に私の家族が福岡市に引越し、叔母の家に預けられていた私は、併置中学を卒業すると、福岡市の家から近い修《しゅう》猷館《ゆうかん》高校の転入試験を受けて転校した。

それから二年余り経った昭和二六年九月に米国のサンフランシスコで締結された講和条約が翌昭和二七年（一九五二年）四月二八日に発効し、日本はようやく「独立国」になった。私の高校卒業および大学入学と同時だった。昭和二〇年八月から約七年間の外国軍占領下暮らしが終わったのである。その間、私は、ソ連軍、中共軍、国府軍、アメリカ軍という四種類の他国軍の占領下で暮らし、それら軍隊の性格の違いを体感させられた。この体験が判断基準として私を導くことになる。

満洲でも引き揚げの道中でも、私は懐かしい祖国の人たちに、日ソ中立条約を犯して侵略してきたソ連軍は、略奪、暴行、強姦の嵐を引き起こす地獄の軍団で、満洲にいた日本人の多くが殺され、また拉致されたことを知らせようと、ひたすら思い続けていた。ところが、その祖国の中学校でそれを話すと、思いがけない反応が返ってきた。青年共産同盟（日本共産党の下部組織、後の民主青年団）に属している生徒たちから、「それは、極く一部分しか見ない井の中の蛙《かわず》の考えだ。必然的な歴史の流れを見れば、急速に発展しつつあるソ連こそが歴史の未来を代表している」という意味の反論を受けたのである。ソ連軍の所業を思い出すだけでも頭の中の血が沸きたって唇が震えた私は、物を言うことができなくなった。帰ってきた日本は、ひたすら恋い慕っていた祖国とは違うものに変わっていたのである。その衝撃が引き金になったのか、私は原因不明の痙攣発作に連日襲われるようになって、一年間休学せざるをえなかった。

再度の中学三年生として復学して以来、私は共産主義を批判するためにマルクスとエンゲルスの諸著作（邦訳）に読みふけり、昭和二四年（一九四九年）に高校に入った頃にはマルクスの主著『資本論』（第一巻）の向坂逸郎訳が四分冊の岩波文庫として順次に出版されていたので、花の苗を売るアルバイトの収入で買って読んだ。

ところが、日本国内の新聞やラジオ放送の報道を疑いもしていなかった私は、日本は獣《けだもの》のソ連軍よりもっと残虐な戦争犯罪国家で、ソ連はその残虐な日本と戦ったのだと思い込まされた上、アメリカの原爆投下による惨状を広島での集会や丸木位里・赤松俊子著『原爆の図』（青木文庫、一九五二年四月）などで知り、ソ連に対する怒りが相対的に小さくなって私のソ連観＝共産主義観は逆転し、批判するために読んだマルクス理論が逆に頭の中で増長し始めた。想像もしていなかった大逆転だった。米軍が完全な情報統制をしていて、その反日政策に従う報道や出版だけが許されていたことを知る由もなく、また当時の私が毎日欠かさずに見聴きしていた新聞、書籍やラジオ放送を批判する能力を持ちえたはずもなかった。私は、野獣のようなソ連軍とは全く違って見えた米軍や米軍統制下のマスコミ、出版物を信用し過ぎていた。

占領軍当局の対日政策にも影響力を持っていたソ連傘下《さんか》の国際共産主義勢力は、反日教育で完璧な成功を収めていたと言えるだろう。ソ連軍の非道さを日本の人々に知らせ、共産主義批判をしようと決心していた私に、共産党入党を決心させたほどの成功だった。戦争の悲劇、自分が経験したような悲劇の原因を無くすために何とかしなければならないという私の直向《ひたむ》きな思いが逆手に取られてしまったのである。

それは、ルーズベルト大統領の民主党政権に影響力をもっていた共産主義勢力の成功とも言える。共産主義の本山であるソ連は、日本を敵としてアメリカと連合したことに助けられたのである。反日はアメリカにとっての落とし穴だった。これによってアメリカは日本を弱体化しただけでなく、ソ連を助け、次に共産中国を助け、日本における親ソ・親中の勢力を助け、アメリカ自身の優位を弱めてきた。

私は全世界で荒れ狂った怒濤に翻弄されるちっぽけな木の葉だった。しかし心の底では常に戦後満洲の思い出が蠢《うごめ》いていたから、日本が曲がりなりにも独立して米軍による絶対的な情報統制がなくなり、ソ連や中国など共産主義諸国自体における一般国民の苦難や反抗を伝える情報が徐々に入って来ると、私は満洲の思い出に照らして、その情報は真実だと直感した。特にソルジェニーツィンの『イワン・デニソビッチの一日』(江川卓訳、毎日新聞社、昭和三八年＝一九六三年)などを読んだ時、ソ連の実態を見事に描いていると感嘆し、心の底に閉じ込めていたソ連観、否定的な共産主義観が噴出した。

この本の邦訳書が発売された昭和三八年(一九六三年)は、私が桃山学院大学経済学部で初めて教職に就いた年だった。すでに『資本論』全巻を含むマルクスとエンゲルスの諸著作などを繰り返し熟読して、マルクスが弁証法と称した「論理」が倒錯的な理屈を駆使する詭弁法であることに気が付き、マルクス主義の批判に転じていたし、日本共産党に対する不信感も募って同党から脱退していた。

その頃から私はマルクス経済学批判を書き始めていた。しかし日本の学界や知識界、諸大学では、日本共産党に対する態度の違いはあっても、共産主義イデオロギーが広範に支配していたから、大学の教師になってからの私の人生行路は平坦ではなく、危険を感じたことも度々あったが、国家による保護が無くなったために多数の同胞が死んだ満洲での生活に比べれば、また共産主義国家によって何千万人もの無実の人たちが強制収容所に入れられて死んだ悲劇を考えると、逆に国家に守られている私たち日本人は何と幸せかと何時も思っていて、それが私に力と勇気を与えた。

ソ連軍＝赤軍の占領によって地獄になった満洲で芽生えた私の世界観、社会観は、帰国後に二回逆転して元に戻ったのである。しかし、満洲で経験したような地獄が日本で出現することは絶対に阻止しなければならないという思いは一貫して変わらず、その初心が、良かれ悪しかれ右往左往する私を導いてきた。そして結局のところ、マルクス主義を理論的に批判するとともに、「ソ連や中国などの体制はマルクスが構想した共産主義を忠実に実現したもので、その実態は全般的奴隷制である」という考えを述べた拙著『資本主義と共産主義――マルクス主義の批判的分析』（文眞堂、平成元年＝一九八九年）を出版した。出版するのが遅すぎたと思ったが、逆に、もう少し以前だったら出版できなかっただろうと言う人たちもいた。今では考えられないような状況がまだ続いていて、この拙著はその基となった諸拙文と同様に猛烈な反発を受けたが、私を擁護してくれる人たちもいたし、その二年後には、肝心のソ連が突然崩壊するという歴史的巨大事件が発生して、その途端に風圧が消えた。その後は定年まで全く平穏無事に勤務して、更に何冊かの拙著を書くことも出来た。教師生活の最後に授かった真《まこと》に幸せな一〇年だった。私を擁護してくれた人たちのお蔭である。

以上、私がソ連軍や中共軍の占領下に置かれた一二〜三歳の時に生じた共産主義観の変遷を述べたが、当時も以降も、私の人生は間もなく終わるかもしれないと思ったことがあり、奇跡的に生き延びたと思うこともあった。ただし奇跡が起きている最中はそれに気が付いていないことが多かったと思う。改めて振り返ってみると、終戦後に三〇万人近い同胞が倒れた満洲から私が無事に帰国できたこと、その後も無数の危機を経てなお生き続けていることも、奇跡なのかもしれない。

しかし、浦島太郎が「助けた亀に連れられて」行った竜宮城で三〇〇年遊んだ後、「帰って見ればこは如何《いか》に、元居《もとい》た家も村も無く、路《みち》に行きあう人々は、顔も知らない者ばかり」（尋常小学唱歌〔二〕明治四四年六月、『日本唱歌集』岩波文庫、昭和三四年より）と歌われているような状況におかれたならば、自分が何者であるかということさえ分からなくなるであろう。この世で生き続けていることが幸せだと心から思えるのは、親しい人々、思い出を共有する人々と共に生きてこそであるが、世の中では、何の過失もない人たちや子供たちさえ、自然災害、不慮の事故、殺害、虐待で死ぬなどの痛ましい出来事が絶えないし、まして世界では国家間、民族間、宗教やイデオロギー間などでの対立、戦争、テロなどによって多数の犠牲者が発生し続けている。この日本では、多数の同胞が北朝鮮に拉致されたまま何十年も経ってしまったし、北方領土はロシアに不法占拠され、尖閣諸島は中国に狙われている。

どうしたらいいのか、その解決策も対立していて、結局は力によって解決されることが多いが、勝利した勢力もまた対立に発展しうる諸要素から構成されていることが多い。しかし、違いや対立を無くすことはできないにしても、対立が悲劇を――少なくとも大きな悲劇を――もたらさないように努力することはできる。そうするのも人間の属性であり、だからこそ現生人類（ホモ・サピエンス）は、約三〇万年前にこの地上に現れて（更科功『絶滅の人類史』ＮＨＫ出版新書、二〇一八年、二四一頁参照）以来、さまざまな悲劇を経ながらも、人類として存続し、繁栄さえしてきたのであろう。それが何時まで続くのか、何万年、何十万年か後にどうなるのかは分からないが、私も生きているかぎりは、日本民族と人類の未来について考え続けるであろう。

私を助けて下さった方々に心からお礼を申し上げる。亡くなった方々には心の中で感謝しているが、もし再会できたら直接お礼を申し上げたい。

以上

凡例

本書における引用文は、次のような規則に従っている。

一．外国文献の邦訳の責任は本書の筆者にある。ただし、原書のページを示さずに訳書のページだけを示している場合は、訳書の文章をそのまま引用している。

二．原文の傍点や、ゴシック体、イタリック体などの異体は表示していない。傍点やゴシック体は、特に断らないかぎり、本書の筆者によるものである。

三．〔　〕で囲んだ言葉は、特に断らないかぎり、本書の筆者による補足である。

目次

補足編

第1章　満洲の奉天で迎えた終戦

私が共産主義の研究を志したのは、一二歳だった昭和二〇年（一九四五年）八月一五日、満洲の奉天（現在、中国の瀋陽）で終戦を迎えてソ連軍の占領を体験しただけでなく、昭和二一年秋、日本に引き揚げてきた時に受けた衝撃のせいである。そのことは拙著『資本主義と共産主義』に書いているが、私が終戦を迎えた時までの状況を簡単に説明しておきたい。

昭和七年（一九三二年）一二月二日、私は東京市深川区（現在、東京都江戸川区）白河町《しらかわちょう》（前年まで東大工町《ひがしだいくちょう》）で、金子勇《いさむ》・米子《よねこ》夫妻の長男として生まれた。この世の光を初めて浴びたのは済生会病院だったが、住居は関東大震災後に義援金をもとに建てられた同潤会アパートだったと母から聞いた。二歳位の時、千葉県市川《いちかわ》市に転居してから妹の眞子《まさこ》と弟の護《まもる》が生まれ、「お兄《にい》ちゃん」になった。私の人生の思い出は市川から始まっていて、市川が生まれ故郷のような感じである。市川での出来事を、懐かしいこともつらかったことも、時々思い出す。

五歳の時、大林組（建設業）の建設機械の技術者だった父が満洲大林組に転勤し、先ず単身赴任していた半年（？）の間、私たちは名古屋市昭和区折戸町《おりとちょう》にあった母の実家の付近で借りた二階の部屋で暮らしていたので、昭和一四年四月に入学した小学校は名古屋の広路《ひろじ》小学校だったが、その一ヵ月後には満洲国奉天市の加茂《かも》小学校に転校するという慌ただしさだった。

実は名古屋で暮らしていた時、部屋の窓から一階の屋根の上に出て、日に干してあった布団の上ででんぐり返しをしたら真っ逆さまに転げ落ち、地面のコンクリートに激突して気を失った。病院に向かうタクシーの中で母に抱かれていた時に気がついて、痛い額の上部をさわったら、骨に穴が開いていて指先が入った。それから約八年後、中学三年になったばかりの一四歳の春に後遺症らしい痙攣発作が起きた。私にとっての大事件であるが、後に述べる。

さて満洲における出来事について述べる前に、そこでの標準時について説明しておく。私が生まれたのと同じ昭和七年、ただし私よりも九ヵ月早く三月に誕生した満洲国は、満鉄（南満洲鉄道）が用いていた「西部標準時」、日本より一時間遅い「満洲時間」を受け継いでいたが、昭和一二年（一九三七年）に、時計を一時間進めて日本の中央標準時に同調していた。つまり満洲時間は日本時間と同じになっていた。

私の家族が満洲で最初に住んだのは、いろんな会社の工場が集中していた奉天市鉄西区で、大林組機械工場・兼建設材料製造工場の敷地内にあった社宅だった。その真ん前に関東軍（日本陸軍が満洲に派遣していた部隊）の兵舎があった。私は大和区加茂町《かもちょう》の加茂小学校に転入し、鉄西区に住む日本人生徒のための通学バスで通った。数ヶ月後、大和区加茂町にあった大林組社宅に移ったので、歩いて通学できるようになった。社宅は三階建ての満洲大林組本店ビルの三階にあった。そこで末妹の國子《くにこ》が生まれ、六人家族になった。

「力ゆたかに漲《みなぎ》りて」という歌詞で始まる加茂小学校の校歌を今でも覚えている。その頃に覚えた歌は忘れないもので、今でも間違えずに歌える――声に出すか出さないかに拘わらず、頭の中で歌い続けてきた歌だから。

「綴《つづ》り方」の授業時間に作文を書かされた時、「僕の妹はとても可愛いです。興亜《こうあ》奉公日《ほうこうび》に生まれたので國子《くにこ》と名前をつけました。」と始めた文章を書いたら、奉天か満洲の日本人学校協会の綴り方コンクールに出されて入賞し、クラス担任の先生からノートブックや鉛筆などの賞品を貰った。興亜奉公日というのは、毎月の一日、「日本の國（＝国）を守って下さっている兵隊さんに感謝する日」だったが、昭和一六年一二月八日、米英に対する宣戦布告の詔書が出されて大東亜戦争（連合国の言う「太平洋戦争」）が始まってからは、毎月八日の大詔奉戴日《たいしょうほうたいび》に取って代わられた。大詔とは米英に対する宣戦布告の詔勅のことである。

一年後の昭和一五年四月、二年生になった時、大和区加茂町の社宅から大和区葵町《あおいちょう》に新築された社宅に転居し、葵小学校に転校した。何れの社宅にもスチーム・ヒーターと水洗便所が備わっていた。日本人が荒野に建設したビルや住宅街はみなそうなっていて、戦後の日本における住宅団地建設の時のモデルになった。

昭和一六年（一九四一年）一二月八日、大東亜戦争が始まった時、私は九歳、小学三年生だった。開戦を告げる大本営発表のラジオ放送の声と言葉をはっきりと覚えている。

昭和二〇年（一九四五年）三月、葵小学校を卒業した。卒業式では思いがけず、卒業生二四〇名（？）の総代として演壇に上り、玉利校長先生から卒業生全員の卒業証書を頂いた。私の人生における最も晴れやかな経験だった。

昭和二〇年に入ると、敗色濃厚となった日本は皇室を民族統合の核心とする国体の存続を条件として降伏を模索していた（私たち一般国民は日本が降伏するとは夢にも思っていなかった）。しかし、はっきりとした反応を示していなかったアメリカが突如として八月六日、広島に原子爆弾（ウラン235）を投下、三日後の八月九日、長崎にも原爆（プルトニウム239）を投下して、合計三十数万人の死者と数十万人の負傷者を出した。犠牲者の殆どが民間人である。その上、日本が講和の斡旋を依頼していた中立国のソ連が原爆投下と同じ八月九日に日ソ中立条約を犯して日本の北方領土や満洲に侵入してきて、日本はついに八月一四日、米・英・中の三ヵ国が発し、ソ連も対日参戦後に参加したポツダム宣言を受諾し、降伏した。

アメリカのトルーマン大統領は、日本が降伏を模索していることを知っていたが、史上初めての原子爆弾の威力を試し、内外に誇示するまでは日本に降伏させないように苦心したという。しかも、アメリカやソ連は、それまでの多数の戦争犠牲者に加えて、数十万人の犠牲者を追加したそれぞれの行為が戦争を早く終わらせ、犠牲者数の増加を減らしたと強弁しているのである。

八月九日にソ連軍が満洲に侵入してきた時、在留日本人が約二〇万人いた奉天では、成人男子以外の日本人は北朝鮮に順次疎開する計画が立てられ、大林組社宅にいた私たち婦女子（女性と子供）の出発日は八月一五日と決まっていた。その日の朝、私たちはリュックサックを背負い、父たちに別れを告げて、病弱者を乗せた荷馬車と共に奉天駅へ向かった。舗装道路を三キロくらい歩いて一時間ほどで到着するはずだった。ところが一〇〇メートルほど歩いた時、空襲警報のサイレンが鳴ったので慌てて引き返し、出発は翌日に延期された。それで、ラジオで予告されている正午の「重大ニュース」を聞くことになったのである。

昭和二〇年（一九四五年）八月一五日、正午に始まったラジオ放送を聞いた時、私は一二歳、中学一年生だった。「只今から天皇陛下の御《ご》放送があります」というアナウンサーの声に続いて、陛下御自身による詔書の朗読、「玉音《ぎょくおん》」放送が始まった。音声は聞きとり難かったが、『忍び難きを忍び、耐え難きを耐え……』と仰《おっしゃ》っている」と母がかすれ声で呻《うめ》くように言い、すべてを悟った。

その瞬間、真っ青な空と輝く緑の樹々、そして無心に戯れる小雀たちの姿が目の奥に焼き付けられた。雀たちを羨ましく感じながら失神したように眠り込んだ。全身から力が抜け落ちたのである。母も眠った。「夢の中で宇宙は何故存在したのか、今また無に帰ることは出来ないのか、と苦しんだ。」（五年後の昭和二五年八月、一七歳の時の私の手記）

「金子君！　金子君！」という声で目が覚めた。何日も眠ったような感じだったが、外はまだ明るかった。私は外に出て同じ社宅に住む友達の橋本一夫《かずお》君と建物の蔭に腰を下ろした。「俺、泣いたよ。お母さんも泣いたよ。」ぽつんと彼は言った。私は不思議な思いで彼を見つめ、なぜ私は泣かなかったのかと考えた。私はただただ絶望したのだった。

それからの五日間、街は全く平和だったが、八月二〇日、突然暴動が発生した。我々は知らなかったが、ソ連軍が奉天の周辺にまで来ていて、日本側の警察や軍隊が武装解除され、治安を維持する権力を失っていた。それを知った不良分子が略奪に来たのである。

大林組社宅は四軒が入る二階建て棟が四つ並んでいる団地で、奥側一棟の一階に住んでいた私たち家族は、台所の床にある小さな蓋を開けて床下の暗闇に隠れた。家の裏をドタドタと走る音が聞こえ、「ギャーッ!」と断末魔の絶叫が響き渡ってきた。誰か日本人が殺されたらしい。窓のガラスに石が飛んで来てバシャッと割れ、何か叫ぶ声が聞こえた。私はとっさにナイフを握りしめた。長い時間が経ったような気がしたが足音は遠ざかり、「日本人は集まれ!」と叫ぶ声が聞こえた。

社宅団地の全一六世帯が集まって、団地を囲む金網の塀を補修し、中学生以上の男たちで自警団を作った。私も大人と二人で見張りに立ったが、そこに四、五十人の暴徒がやってきたのである。恐怖と憤怒の絶叫が腹の底から沸き上がった。私たち二人は大声で叫びながら木刀を振り回し、死闘を覚悟した。生き残る希望は持っていなかった。

だが意外なことに、彼らは踵《きびす》を返して去って行った。後で思うとみな弱々しい表情で、憎しみに燃える目ではなかった。私たちの家は満洲人の集落の直ぐ近くにあったが、ごく一部の連中が誰かに煽動されて略奪に来たという感じだった。

「私たちが無事だったのは、大多数の満洲人（現在の中国人）が動かなかったせいであろう。大多数の満洲人は日本人に対する敵意を持っていなかったと思う。」（拙著『資本主義と共産主義』「まえがき」ii頁）

第2章　ソ連軍入城――戸を叩く音がして地獄が始まった

暴動に襲われた日の夜、大林組社宅団地では各棟の四家族が各棟ごとに二階の一軒に集まって過ごした。一夜明けると、ソ連軍が軍歌で全市を揺るがせながら入城してきた。しかも私たちの大林組社宅のすぐ横の通りで、それまで見たことがない巨大な戦車の部隊と歩兵部隊が行進し、社宅の真向かいの葵小学校に入ってきたのである。そして私たちは、「四時間以内に立ち退かないと射殺する」と通告された。一体何処へ？

隣組などの組織や知人などを頼って懸命の依頼が行われたと思うが、一、二時間後にやっと行先が決まった。私たちの棟の四家族は一キロ近く離れたガス会社の社宅の一軒を割り当てられた。母を隠して、父と私とが重い布団袋を転がし、衣類、食器、食料などを一杯手に持って、死に物狂いで運んだ。そして何時の間にか、私は荷物を運び入れた部屋で眠っていた。精根尽き果てて失神したらしい。気が付くと父が荷物を運んでいたので、私もまた運び続けた。こうして、二階建てアパートの一階、三室（和室）から成る一軒の六畳と四畳半の二室に四家族一八人が入って、鮨詰めの共同生活が始まった。本来の住人である四人家族（所帯主は軍隊に召集されていた）が八畳の一室に退いて、二室を空けてくれたのである。

二人のソ連兵がドアにしがみついている若い娘を引き剥がそうとしている光景が今でも目に浮か

んでくる。友達の家の近所では若い新婚の主婦が道路上で数人のソ連兵に代わる代わる犯されたという。私たちの家も一ヵ月ほどの間に三回襲われた。彼らは二、三人でやって来て、ドンドンと戸を叩き、「ダワイ！　ダワイ！」と叫ぶ。

「ソ連兵は必ず二、三人が組んで入ってくる。父たちの喉頸《のどくび》に銃剣や自動小銃を突きつけて『マダム！　マダム！』と叫ぶ。女を出せと言うのだ。見付かればその場で犯される。連れてゆかれて慰みものにされたあげくに殺されることもある。ソ連兵は家中を捜しまわる。母たちを隠している所に近づく度に全身の血が凍りつく。

女が見つからないと、彼らは『ウオッチ！　ウオッチ！』と叫び出す。時計、カメラ、ラジオ、万年筆……すべて奪われた。何でも持って行くがいい、私たちがどうしても守らなければならないものは母なのだ。——戸を激しく叩く音がすると息が止まり心臓が鳴る。その習性はいつまでたっても消えない。」（前掲拙書、同頁）

当時は、他人の家を訪れた時には戸を叩く習慣だったのである。日本に引き揚げてからも、ノックの音がすると心臓が締め付けられた。だが何時の頃からか、どの家にもブザーかチャイムがついて、戸を叩く音を聞かないで済むようになった。

満洲国の首都だった新京（現在、長春）は奉天よりもソ連に近い上に人口は比較的に少なかったので、ソ連軍の暴虐はもっと凄まじかった。国境付近の開拓地から逃げてきた日本人難民（主として婦人たち）の救済に奔走した北村重義氏（当時二四〜五歳）は、手記『ソ聯兵・中国人が、在満日本人に非道・残酷な迫害』（平成三年）に、その婦人たちの度重なる苦難を次のように書いている（そこでは、「ソ連」が以前のように「ソ聯」と書かれている。平成二四年五月、兵庫県明石市で九一歳だった同氏からこの手記を頂いた）。

「長旅の途中、衣類は満人の暴徒に剝ぎ取られ、食料も無く……栄養失調で死線を徘《さまよ》いやっと辿り着いた避難所では、意識ももうろう……衰弱した数百人の婦女の群の中へソ聯兵は土足で踏み込み、入り口に警戒の立ち番が自動小銃を構え、多数のソ聯兵が性欲に狂った獣のように、婦女に群がり老若を問わず暴行をする様に目を覆う。衰弱した婦女は対抗する力も無く、助けを呼ぶ声も出せない。この残虐な行為を目前に、私たち日本男子として助けることも阻止も出来ない。……我々の無力に歯ぎしりし、耐えられない衝撃と屈辱で……握る手のこぶしが震え、怒りと興奮で血が沸くが、眼を背けるのが精一杯だった。」（一四―五頁）

「街では略奪、婦女と見れば路上で大衆の面前も憚《はばか》らず押し倒し暴行する。……被害者の日本人婦人はその場で自決した。こんな状況が毎日々々続いた。ある日〔九月一〇日頃〕、勇気ある日本人〔新京市吉野町、映画館「銀座キネマ」の向かいにあったすし屋の主人らしい〕が、婦女を暴行しているソ聯兵を背後から包丁で刺し殺した事件が起きた。ソ聯軍の呵責《かしゃく》ない報復は熾烈を極め、徹底的に日本人狩をし、無実の日本人男子を西公園に連行し、十数人を銃殺した。」（一五頁。〔〕の中は北村氏に聞いて注記）

これはレーニンがテロリズム（恐怖政治）を導入して以来の共産主義的統治法である。レーニンは食糧徴発などに抵抗する農民をすべてクラーク（富農）、金持ちなどと呼んで、「よく知られたクラーク、金持ち、吸血鬼を百人ほど吊し首にせよ（間違いなく吊して人々に見せよ）。」（一九一八年八月一一日、ペンザ県の党員への手紙。Richard Pipes, "The Unknown Lenin", Yale University Press, New Haven and London, 1998, p.50. 拙訳）と命令するなど、数々の模範を残している。

第3章　悲惨な日本人難民

ソ連兵は女の次に腕時計を欲しがったが、ソ連兵のほとんどは腕時計（当時はゼンマイ式）を初めて見たので、ゼンマイを巻くネジの回し方を知らず、強引に回して壊していた。彼らがみな壊れた時計を両腕に一杯巻き付けた頃、つまり略奪、暴行の嵐がやや収まった頃、ようやく男の子ならば外出できるようになった。私は一人で街に偵察に出かけた時、満洲人たちがビルに侵入して商品を持ち出しているのを見てその中に加わり、大箱にいろいろな薬品を詰めて担いで帰った。日本人は私だけだった。翌日からそれを毎日街頭に並べて売り、売上金は母に渡して生活費になった。

そのようなある日、満洲北部から逃げてきた開拓団の難民を見たのである。

「真黒な顔をした、乞食のような人々の大群がぞろぞろと歩いてくる。穴を三つあけた石炭の麻袋を、服の代りに着ている人もいる。針金でつり下げた空きカン以外に何も持っていない人もいる。異様な光景だった。赤ん坊と幼児がいなかった。赤ん坊は餓死するか、母親が首を絞めて殺した。赤ん坊が泣けば若い母親がいることをソ連兵に知られるし、一緒にいる人たちも犠牲になるからだという。もう少し大きな子は、誰かが育ててくれることを祈りながら木に縛りつけてきた。娘は満洲人に売った――代価はその体重と同じ重さの粟《あわ》だった。そうすれば娘自身も生きのびるし、男の子に何かを食べさせることも出来る。夫や子供がいながら満洲人の妻となった婦人もいる。そして奉天に辿り着いた人たちも、難民収容所――破壊された校舎など――で死んでいった……。」（拙著『資本主義と共産主義』「まえがき」ii～iii頁）

国境に近い満洲北東部の開拓団では、ソ連軍の侵入直後に成人男性のほとんどが軍隊に招集されて婦女子だけが残されていたので、避難の行程は悲惨をきわめた。多数の人々が殺され、また死に追いやられたが、生きて長春（新京）に辿り着いた人々も「この世の物と思えぬ地獄からの」（一八頁）姿だったと、北村重義氏は前章で引用した手記に書いている。

「日本人会に長春駅から一糸まとわぬ避難民が到着したと連絡があり、急遽《きゅうきょ》有志の家族の衣類を集めて……迎えに行く。約七、八十人の……婦女の一群が駅の広場に踞《うず》くまっている中に、子供は一人もいない。……まだ二十代か三十代の若いはずの日本人婦女が六十、七十才の老婆の姿だ、目をそむけたくなる哀れな素裸な姿の集団だ。……手の指は細く尖り、腕は骨に皮が垂れ下がり、腹は背に着いて薄板のよう、胸は肋骨が顕わに、足は細く棒のようだ。骨に汚れ紙が貼り付いたようで肉は無い。顔膚《はだ》は茶黒い色……まるで骸骨が地面に横になって並んでいるようだ。……意識もうろうとして……手も出さない、着る力も無い、言葉も出ない。衣類がまだ足りない、各自が上着を脱ぎ、着せる、いや被せる。」

「隣組を通じて衣料の供出を訴え、相当の量が集められたが、続々と到着する避難民に……衣類も底を尽き、セメント袋や小麦粉の袋を、やがて荷造り用の莚《むしろ》を集めて駅に迎えに行き、腰に纏《まと》って歩く行列は想像を絶する凄惨な光景であった。」（一八～九頁）

「年末までに十数万人を長春に受け入れた。……飢餓……に加え発疹チブスの流行で死亡者が続出……四万人余となる。」(一九頁)

発疹チフスは奉天(現、瀋陽)でも流行し、私の小学校四〜六年生時代の学級担任だった恩師、関忠良先生も亡くなられた。

「毎日々々長春に到着する避難民を迎え、遂に十七万人?を受け入れた。」(同右頁)

「日本人会は何万人〔も〕の収容者の救済に、先ず燃料の確保、衣類、食糧、資金調達など、長春の日本人総動員で混乱の街の中を命がけの涙ぐましい活動が翌年の引き揚げまで延々と続いた。」(同右頁)

ソ連兵の自動小銃乱射、略奪、暴行、強姦、日本人狩りの台風が荒れ狂う中での救援活動は命がけだった。「二人の邦人が目前で射殺された。……ソ聯兵三人が近づき死体をとび口でひっかけて、凍結した路面をカラカラと音をたてながら引っ張ってジープに乗せていった。この光景を茫然として眺めていたら、ソ聯兵が私に『ヤポンスキー』(日本人か)と叫ぶ。私は咄嗟《とっさ》に『ニエット・キタイスキー』(いや、支那人)だと言うと、『ダァダァ』(よし)と言い立ち去った。……ソ聯兵が満人と一緒に集団略奪、また射殺が……昼夜を問わず繰り返され、……婦女子は執拗なまでの迫害を受け、悲惨を極めた。」(二〇—一頁)

「郊外の緑園に……日本人会は大林組〔私の父が勤務していた建設会社〕の協力で墓穴を二万人分余り準備したが、十一月末頃には、瞬く間に充満し、各収容所では凍結した校庭の隅に寂しく雪をかけて仮に葬る。……雪解けの五月になると、餓死、病死、射殺死体など、収容所周辺はもちろん、公園や道路に亡骸が露出し放置されている様は目を覆う酸鼻な状況だ。氏名も不明のまま、地域ごと使役を出し数万体もの亡骸を集め……有志が仏に冥福を祈りながら懇ろに火葬に付した。煙と悪臭が衣服に、体にしみ込み、洗浄しても抜けない、当初は食事も喉を通らない、うなされて眠れない……。」（二〇頁）

私が瀋陽で見た時の難民集団は、長春に辿り着いた時の難民とは違って素裸の人はおらず、少なくとも石炭袋ぐらいは纏っていたが、やはり次々に亡くなっていった。

このような難民や犠牲者たちに対して、著名な評論家の立花隆氏が「ザマアミロ」という言葉を投げかけているのは酷《ひど》いと思う。すなわち同氏は、ベルギー領コンゴの一九六〇年の独立内戦の時に多数の白人女性がコンゴ人兵士に繰り返し強姦されて負傷した悲劇は、五二年間の原住民の悲劇を考えると「ザマアミロという気持ちを抱かざるにはいられない」し、それと同様に「日本の引揚げ哀史作家たち」が「その体験記のなかで、悲劇愛好趣味にひたって大げさなジェスチュアをすればするほど……ザマアミロという気持をもつ人が無数にいるのだ」（「赤い屍体と黒い屍体」『潮』昭和四六年八月号、二二四頁）と言うのである。

しかし、ベルギーが過酷な植民地支配をしたということは、ベルギー人女性たちを陵辱する邪悪な行為や、その尻馬に乗って「ザマアミロ」と嘲る低劣さを正当化しないし、満洲はコンゴのような植民地でもなかった。大多数の満洲人は日本人に対して敵意をもっていなかった。何十万人もの日本人が満洲やシベリアで死んだのは、ほとんどがソ連のせいである。「ザマアミロ」とは獣《けだもの》のソ連軍の科白《せりふ》であろう。

清朝最後の皇帝である宣統帝溥儀《ふぎ》の家庭教師だったスコットランド出身のイギリス人、R・F・ジョンストンは、溥儀が満洲国の康徳帝として即位した一九三四年、その真相を伝える下記の著書を出版した。Reginald F. Johnston, *Twilight in the Forbidden City*, London, Victor Gollancz Ltd., 1934. 中山理訳、渡部昇一監修『完訳 紫禁城の黄昏』上・下二巻、祥伝社、平成一七年。

同書によれば、満洲は「すべてロシアの領土になっていた」（上巻、九九頁）が、日本が日露戦争でロシア軍を打破したお蔭でロシアに併合されずに済んだ（上巻、四三頁）。だから、満洲人を排斥する「滅満興漢」をスローガンとする辛亥革命（一九一一年）で退位した宣統帝（溥儀）は、日本公使館に逃げ込んだ後、「異民族として攻撃されてきた地から逃れ」（下巻、三九六頁）、「父祖の国土……へ戻り、満洲皇帝の身分と称号を再び継承」（下巻、三九五頁）することができた。「シナ人は、日本人が皇帝を誘拐し、その意思に反して連れ去ったように見せかけようと躍起になっていた。……だが、それは真っ赤な嘘である。」（下巻、三九三頁）

関東軍の駐留はソ連の侵略を防ぐためであったことも悲劇の形で実証された。アメリカ国務省高官だったジョージ・F・ケナンは、「中国本土……満洲および朝鮮から日本を駆逐した結果……われわれは、ほとんど半世紀にわたって……日本が直面しかつ担ってきた問題と責任とを引き継いだのである。……われわれが大いに軽蔑した重荷を、今自ら負う羽目になり苦しんでいる……。」（近藤晋一その他訳『アメリカ外交五〇年』岩波書店、七七頁）と言い、マッカーサー元帥も朝鮮で中国軍と戦った後、アメリカ上院軍事委員会で、アメリカの太平洋における最大の過ちは中国共産党を強大にしたことであり、日本が戦争に突入したのは自衛のためだったと証言した。そして、日本は軍事的に敗北したが、西洋の植民地支配を終わらせ、政治的には勝利した、とアメリカの経営学者ドラッカーは言っている（上田惇生訳『新しい現実』ダイヤモンド社、四一頁）。

日本人は満洲王朝の正統を継ぐ皇帝に協力して、匪賊と軍閥が跳梁跋扈《ちょうりょうばっこ》し民衆を苦しめていた荒野に安全で豊かな国家を築くために血と汗を流した。植民地に単一作物栽培を強制して搾取した西洋諸国とは反対に、莫大な資金を注ぎ込んで立派なインフラと最新鋭の工業を建設した。当時の満洲を欧米の植民地と比較してみれば分かる。（本書二九頁の立花説批判からここまでは、奉天葵小学校同窓会報『あふひ草』第三四号掲載の拙稿「満洲育ちに誇りを持とう」の一部分を引用し、僅かな修正を加えたものである。）

第4章　満洲の日本人――ユン・チアン『ワイルド・スワン』の嘘

世界的なベスト・セラーになったユン・チアン『ワイルド・スワン』（英語原書の初版は一九九一年）を読み始めて仰天したのは、満洲にいた私のような「日本人の子供たち」のことを、「中国人の子供が町で日本人とすれちがう時は、たとえ相手の日本人が自分より年下でも、頭を下げて道をゆずらなければならなかった。日本人の子供たちは、よく中国人の子供をつかまえては理由もなしに殴った。……〔別行〕大人も、敵意があると思われては困るので、日本人に出会うたびにお辞儀をした。」（上、七七頁）と描いていることである。満洲で育ち、中学一年生の時に終戦を迎えた私の経験では、これは根も葉もない嘘である。ユン・チアンの著作は『マオ』をはじめとして大変参考になるが、中国人読者に媚びるためか、満洲にいた日本人教師を次のように残酷な人間として描いている。

「教育の一環として、母たち女学生は日本軍の戦況をおさめたニュース映画を見せられた。……日本兵が人間をまっぷたつに切り捨てるシーンや、囚人を杭に縛りつけて野犬に食いちぎらせるシーンが映っていた。犬のえじきにされる囚人が恐怖に目を見開いた表情を、カメラは長々と大写しにして見せた。十一歳と十二歳の女学生たちが目をつぶらないように、叫び声を止めようとして口にハンカチを押しこまないように、映画のあいだじゅう日本人が見張っていた。母は、その後何年

も悪夢にうなされたという。」（上、八五～八六頁）

これは真っ赤な嘘だと断言できる。私は満洲でニュース映画をしばしば見たが、このようなものは一度もなかった。日本には「囚人を杭に縛りつけて野犬に食いちぎらせる」ような処刑方法は全くないし、「犬のえじきにされる囚人が恐怖に目を見開いた表情を」見せたりするような教育方法も全くありえない。それは、ユン・チアン自身がジョン・ハリディとの共著『マオ――誰も知らなかった毛沢東』（土屋京子訳、講談社、二〇〇五年。英語原書も二〇〇五年刊）に書いているように、毛沢東が特に力を入れて定着させた中国共産党の教育方法である。同書によれば、一九二七年一〇月に井崗山《せいこうざん》に入った毛沢東が土匪を平らげて初めての根拠地を築いて以来、「公開処刑が地元住民を集める大きな行事になった。毛沢東は人をじわじわと殺す方法をとくに好んだ。」（上、一〇二頁）「公開処刑……この恐ろしい伝統に人民を動員して大集会に仕立てたのは毛沢東であり……多くの民衆が殺人を強制的に目撃させられることになった。集会への参加を強制され、その場から立ち去ることも許されず、人が苦しみ悶えながら残虐な方法で殺害される場面を見せられ、断末魔の絶叫を聞かされた人々の心には、恐怖が深く刻みつけられた。」（上、一〇三頁）

共産党が中国本土を制覇し、一九四九年一〇月に中華人民共和国が成立してからも、毛沢東は翌年から「公開処刑」を全土で始めた。「北京だけでも約三万回の判決・処刑集会がおこなわれ、三四〇万近い人々が参加させられた。」（上、五四七頁）例えば「北京の中心部でおこなわれた群衆集会」では、「約二〇〇人が街路を引き回されたあと頭を打ち抜かれて処刑され、脳みそが見物人のところまで飛び散った。……〔別行〕毛沢東は人民の大多数——子供も大人も——が……見ることを望んだ。全国民の脳裏に恐ろしく残忍な光景を刻みつけるためだ。」（上、五四八頁）

ユン・チアンは、日本人教師を残虐な人間として描く時、自分がよく知っている残虐な方法しか思い浮かばなかったのであろう。

私の母校、奉天葵小学校で四年先輩の永松章子さんは、かつて「中国を愛し中国人を愛し、その結果中国人となった」（永松章子「わたしも大地の子だった」奉天葵小学校同窓会誌『あおい』第一六号、平成三年一〇月）人であるが、「残酷な日本人教師を見聞きしたことはない。その逆のこならある」と言って、次のような話をしてくれた。文革（文化大革命）の時、彼女は日本鬼子のスパイという冤罪を被せられて黒山《こくざん》（遼寧省）に送られ、農業労働や煉瓦焼きをさせられたが、寝泊まりした農家の主人は、他人がいない時は大変親切で、「私は日本人小学校の小使《こづかい》（用務員）をしていたが、日本人の先生たちはとても親切だった。結婚する時は校長先生がいろいろと援助してくれた。」と語り、食糧不足だった時に胡瓜やトマト、温かい湯などをよく持ってきてくれた。この人にとっては大変危険なことだった。他人がいる時は素知らぬ振りをして、大衆集会では日本を非難する声に調子を合わせていたという。彼女の「罪」については後で述べる。

このように、満洲、台湾、朝鮮などにいた日本人教師は、人種差別や民族差別は人の道に背くと教え、恵まれない子供たちを助ける人が多かった。『産経新聞』（二〇〇九年八月一五日）によると、一九三九年に台湾総督府立台中師範学校に入学した台湾人の林永隆《りんえいりゆう》さん（当時八四歳）は、「あの時代の日本人による教育は、人としての品格を向上させたと思う。私の財産と言えます」「日本人の先生は人格者が多かった」と話した。

教師だけではない。海外にいた日本人は立派な人が多かったと思う。私の妻と高校同期の森岡久子さんは新京（かつての満洲国の首都、現在・長春）や本渓湖《ほんけいこ》（大倉財閥が製鉄と炭坑開発のため近代的都市を建設）で育ったが、鉱山機械の技師だった父親の森岡晃《あきら》氏は、自宅や近所で女中、石炭割り、使い走りなどで働いている小孩《しょうはい》（多分、苦力《くーりー》の子供）たちに、「ここは君たちの国だ。勉強して国に役立つ人にならなければいけない」と言って、毎日夕食後に一〇人ほどを自宅に集め、小学校の先生を呼んで勉強させた。勉強熱心な子たちは日本語も上手だったので、日本人の中学校に制服を着せて通学させ、大学にも行かせたという。ところが小学校六年の時に終戦、四五年一〇月に八路軍（共産軍）がやって来て、会社幹部はみな両手を縄で括られて牢に繋がれ、彼女は毎日父の着替えをもって牢に通った。数人の幹部が人民裁判にかけられて銃殺され、母は彼女たち姉妹を抱きしめて「お父さんに何があっても取り乱さないで！　鬼になってもあなたたちを守るから！」と言いながら震えていた。ところがある日、父がひょっこり帰ってきたのである。大学に通わせた少年が八路軍の幹部になっていて、父を殺すなと指示したそうだ、と後に聞いた。父の技術能力を建設に役立てるために生かしておくのだという。（三三万人を餓死させた一九四八年の長春包囲線でも、共産党のために役立つ医者や技術者、将校などは脱出を許され、役に立たない庶民は許されず、餓死させられた。）

その後、森岡さん一家は八路軍の捕虜として各地を約一年半連れ回されたあげく、一九四七年春、安東（現・丹東）で激しい市街戦中に見捨てられたのが幸いして同年七月に引き揚げ、その一三年余り後、父は五四歳の若さで亡くなった。家族を守るために疲労困憊《こんぱい》、燃え尽きたのであろう。もしあの時の市街戦で八路軍が勝っていたら、一家は中国に留め置かれて文革にも襲われただろうと、森岡さんは今でも身震いがするという。

満洲の子供たちに深い愛情を注いだ森岡晃さんが投獄されたあと捕虜として苦難の生活を強いられたのと同様に、「中国を愛し中国人を愛し、その結果中国人となった」永松章子さんは大変な苦難に襲われた。彼女の手記（前掲誌『あおい』第一六号）によれば、中国人と結婚した彼女は、「一人息子が高校生と育ち、中国に骨を埋める覚悟が固まったところ」に毛沢東が文化大革命を始め、一九六六年八月五日、彼女の勤務先の瀋陽長途電信局・専政隊という糾弾グループに突然連行された。そして、彼らが「老日本鬼子」と呼んだ父親（満鉄に勤務して四六年帰国、すでに五九年に亡くなっていた）から「局極秘事項の探索、家庭ラジオで日本へ通報」という任務を与えられて「計画的に電信局へ残留潜入」したスパイだと決めつけられ、「三日三晩、不眠不休の自白強要が続いた。不眠不休は私だけだった。隊員は交代する。」必死に堪え凌ぐと、「業をにやした隊員は、遂に私を企業内人民裁判と称する集団リンチにかける。両腕を背後高く捲りあげた私を壇上に跪かせ〔文革で流行した「ジェット式」拷問〕……噴飯ものの罪状を罵詈《ばり》罵倒と共に読みあげる。本意か不本意かは知らず聴衆もまた『日本小鬼子！』と罵声……。それでも私は、家族や日本の両親を偲びつつ最後まで負けなかった。」

「集団リンチの結果、私の両腕は激痛のために動かすことさえままならず、その状態は一年近く続いたが、隊員曰く『お前の激痛は自業自得』……治療の必要『全くなし』であった。あの苦痛、それに倍する精神的屈辱、よくぞ堪えられた……。」

「九ヵ月の拘禁重労働後の一時的帰宅は束の間、直ちに五ヵ月の農村労働、四ヵ月の煉瓦焼き、苦難と家族別離は一年八ヵ月続いた。厳重な監視下でともかく仮釈放されたが、……その後も長く病床」。毛沢東が死んで一年半後、「一九七八年三月、何の釈明もなく平反〔名誉回復〕。その際の隊員の豹変ぶりには驚く……『貴女は真理を守り通し、毛思想に忠実であった』と恥もなく言ったのであった。」

「私は彼らの真理ではなく、自己の真理と精神を守ったのである。毛思想に忠実であったが故に死を予期しつつ自説を守れたのではない。人間としての尊厳を守ったのであり、だからこそ今も私は、私の行為を誇りをもって語れる。この時、私の心は完全に中国から離れた。翌年八月、手をつくして単身帰国、一年後には家族も呼び寄せ、中国人としての私の歴史は終わった。」

「堪えきれず自殺した人、冤罪のまま殺害された人は、私の知人だけでも十人近い。その方々の慟哭が、私には今も聞こえるのである。」

永松さん自身も冤罪のまま殺されることを予期しつつ虚偽の自白を拒否し通した。「狂気の渦の中で真摯な人間性を失わず受難者を支えた人々もあった。そのために自らも破滅することを覚悟しつつである。……あのような狂乱の波が、忘れ得ぬ方々に再び襲いかからぬよう私は祈り続ける。」

（以上、第四章は拙著『毛沢東思想の全体像』（一八三〜四頁、二〇四〜七頁。東洋出版）に書いた文章を修正し加筆したものである。）

第5章　略奪国家＝ソ連

ソ連赤軍は東欧諸国でも略奪・強姦の嵐を巻き起こしたが、スターリン（ソ連共産党書記長兼首相）はそれを容認していた。ユーゴスラビア共産党の要人だったミロバン・ジラスの獄中での回想記『スターリンとの対話』（Harcourt, Brace & World, 1962. 新庄哲夫訳、雪華社、一九六八年）によれば、「一九四四年の秋ベオグラードが解放され……それにともなって、赤軍〔ソ連軍〕の将兵が個人、もしくは集団で、一般市民またはユーゴ軍将兵に対して重大な侮辱を加える事件が発生し、……重大な政治問題となった。」（一三〇頁）しかしソ連軍使節団長コーニエフ将軍は、チトー（ユーゴ共産党書記長）がソ連兵の暴行について穏やかに問題提起したことに激怒して撥ねつけた（一三一―二頁）。後にスターリンはジラスに、「恐ろしいこと〔戦闘〕の後に女で楽しむのが、そんなにひどいことなのか？」と言って、女性を守ろうとした技術者を殺して逮捕されたソ連軍将校を釈放させたことを「面白い事件」として語った（一六四―五頁）。

スターリンがポツダム宣言の時にトルーマン大統領に提供した宿舎も「地獄の館」だった。その三階建ての館は著名な出版社の社長が住んでいて、リベラルな人々のサロンだったが、一九四五年五月にソ連軍が侵入して以来、ソ連兵たちが次々にやって来て夜となく昼となく社長の娘たちを両親や子供の前で凌辱した。ソ連軍がトルーマンのためにこの館を徴発した時、一家は一時間以内に退去するように命じられたという。一〇年半後にトルーマンは、社長の息子からの手紙でこのことを知らされた（仲晃『黙殺』上、二四五～七頁、NHKブックス）。

個々の兵士たちどころか、ソ連という国自体が略奪国家だった。世界の共産主義化に対する最強の防壁だった日本を叩きつぶすという最も重要かつ困難な目的はルーズベルト大統領の手で達成したが、それに加えて領土を奪い、物資や設備を略奪し、奴隷狩りをするために、ソ連は日ソ中立条約を犯して満洲や日本領土を侵略したのである。

戦後、日本兵捕虜六〇万がシベリアへ連行され、そのうち約六万人が死んだと言われてきたが、ソ連政府機関紙『イズベスチヤ』の副編集長だったアルハンゲリスキー氏によれば、「ソ連側の数字はすべてがうそ」（『プリンス近衛殺人事件』新潮社、一八五頁）で、実際には民間人を含めて二五〇万人以上が拉致され（一六三頁）、最初の冬に何十万人も死んだと推定される。ベリヤ内相から死亡者数の報告書を見せられたスターリンは、広島の死者は約一八万人と聞いた上で、「同志ベリヤ、われわれはシベリアの日本人に少なくとも原爆二つを落としたことになる」と言ったそうである（一六八頁）。

奴隷狩りの次に施設と物資の略奪が組織的に行われた。ソ連軍は日本人を使役して、満洲の工業設備を根こそぎ撤去し、ドアの取っ手まで引き剝がして、あらゆる物をソ連に運んだ。後には工場の残骸が残された。後片付けは日本人がしたので、私も割り当てられて掃除に行った。

二四～五歳の時に長春（以前の新京）で同様の体験をした北村重義氏はその状況を、一二、三歳だった私よりも具体的かつ正確に記憶している。

「関東軍司令部、……満洲中央銀行は侵攻と同時に徹底的に略奪され、大同大街のビル街は満人の略奪を防ぐためソ聯兵を配置、ニッケビル、東拓ビル……と順次略奪、事務机、椅子……エレベーター、……更に壁の人造大理石まで剝ぎ取ってしまった。……三中井《みなかい》百貨店……の襲撃を偶然にも目撃した。数十台の軍用トラックが並び、兵士も百人位が集結していた。……頑丈な鉄製の扉を大型トラックをバックさせて壊し、どっと兵士が突入、各自が持てる限りの商品を担ぎ続々と運び出しトラックに積む。まるで蟻の巣……。周囲を取り巻く多勢の満人を寄せ付けないように自動小銃を構えて警戒しながら、盗品を何台ものトラックに山積みして長春駅方面に運ぶ。……最後は陳列ケースまで運び出す。……長春駅の貨車に略奪した物品が山積みされていた。……子供の壊れた三輪車まで……積んでいる。」（前掲の北村手記〔本書第2章および第3章参照〕、一六―七頁）

なお私は、終戦前の奉天で両親に連れられてしばしば行った百貨店のミナカイが三中井と書かれていたことや、同名の百貨店が新京にもあったということを、北村氏の手記で初めて知って有難く思った。

第6章　満洲引き揚げ

略奪、強姦の限りを尽くして、ソ連軍は四六年三月中頃までに撤退し、四月に入ると治安がほぼ回復した。入れ代わりに八路軍（中共軍）と国府軍が代る代るやって来て、五月に国府軍の下で引き揚げが始まり、同年の秋に私たちの順番がきた。私たちは、国府軍の東北行政府に数ヵ月ほど技術者として留用された父を残して瀋陽を出発した。何十両も連なった無蓋貨車がのろのろと走ったり止まったりしながら進み、同じ車両〔満洲は広軌〕に積み込まれた数十人と共に、地平線の彼方まで続く高粱《コーリャン》畑の中に沈む真っ赤な太陽を数日間眺めて葫蘆島《ころとう》に着いた。

葫蘆島の収容所でＤＤＴ（殺虫剤）の粉を頭の上から吹きかけられ、また噴霧器の筒先をシャツの中に突っ込まれて体中に浴びせられた。数日後、アメリカのリバティー型輸送船に積み込まれた。木材で三階〔?〕に区切られた深い船倉の底にぎっしりと入れられ、辛うじて寝ることができた。船長を初めとする船員は日本人であるが、その姿を見たことは殆どない。その船名は、中学二年生だった私の記憶ではStephen M. Whiteだったが、正しいかどうか分からない。しかし、Stephenの発音スティーヴンを、間違ってステフェンと発音していたことは確かに覚えている。

葫蘆島でも船上でも、少なからぬ人が祖国を目前に亡くなった。その度に水葬が行われ、船は汽笛を鳴らしながら沈んでゆく遺体の周りを回った。船に乗って汽笛を聴くと、今でも胸が震える。

せめて祖国の土の中に埋めてあげたかった。

数日後の一〇月一六日、博多湾に入り、船上で全員がコレラなどの検疫を受けた後、私たちはひたすら思い焦がれていた祖国の土を踏んだ。

「どこまでも平らで黄色い大陸から引揚げてきた私たちが船上から見た日本は、緑の島山だった。各人がリュックサック一個ずつ持つことを許されていたが、それを検査したアメリカ兵は何一つ取らなかった。街では若い娘たちが何の恐れもなく歩いており、人々の手首には腕時計がついていた。それを見た時、私は、地獄から天国にはい上がってきたように感じた。

ところが、その日本に住んでいる人々は、自分が天国にいるとは思っていなかった。それどころか、天国とはソ連のことであって、ソ連軍は解放軍なのだと主張する知識人たちが幅を利かせており、ソ連を天国だと思わない人々は反動だと罵倒されていた。私は仰天し、ソ連軍の暴虐を懸命にしゃべったが、興味をもたれないことや、信用されないことが多かった。」（拙著『資本主義と共産主義』「まえがき」v頁）

私たちの一家は福岡県山門《やまと》郡城内村《ぐんしろうちむら》（現在の柳川市）にあった父の実家、父の長兄が住む家に身を寄せ、伯父が農業の傍ら経営していた精米所に隣接する部屋に住むことになった。四畳半（または六畳？）の一部屋だったが、一人が一つのリュックサックしか持って帰れなかった私たちには、屋根の下に住むことができるだけでも有り難かった。そして、幸いなことに、私は地元の県立中学伝習館（当時の中学校は旧制度で五学年制）に中学二年生のままで転入できた。全国的に見ると、引き揚げ者は一、二学年下に編入されることが多かったらしい。

ところがその伝習館では、共産党の下部組織である青年共産同盟（後に民主青年団と改称）が相当な影響力を持っていて、ソ連を解放軍と称えていた。私は仰天し、ソ連軍の暴虐を懸命にしゃべったが、「私の体験が仮に事実だとしても、枝葉末節の例外的現象にすぎないとか、必然的な歴史の流れを理解しない井の中の蛙《かわず》のような見方だという意味の批判も受けた。自分の体験を思い出すだけで平静さを失った私は、激すれば激するほど口が利けなくなった。これが第二の衝撃だった。」（同右書、同右頁）

帰ってきた日本は、ひたすら恋い慕っていた祖国ではなかったのである。幼かった私は、敗戦後の日本は変わったのだということを頭の中で消化できなかった。永久に続く悪夢のような日々だった。

中学二年の学習が終わって三年生になるまでの春休み、思いがけず生まれ故郷の東京へ一人で見物に行けることになった。父がその頃は入手困難だった国鉄（国有鉄道、現在のＪＲ）の往復切符を手に入れてくれ、幼い時に住んでいた市川市（千葉県）で電気工事屋を営む伯父（母の兄）の家に泊まってこいと言う。片道で丸一日余りかかったと思うが、列車の中はぎゅうぎゅう詰め、通路にもトイレにも寝ていた。東京駅に着いてから省線電車＝国電で市川に行く経路は幼い頃に覚えていた通りだった。省線電車は国電と呼ばれ、山手線は「やまのてせん」ではなく「やまてせん」と呼ばれていて変だったが（一九七〇年頃、元に戻った）、幼い時に見慣れた風景を見ると、生まれ故郷に戻ってきたのだという思いが体中に染み渡った。数日後、六歳の頃まで住んでいた市川市の家の周辺に行ってみたが、昔と変わっておらず、出会った人は目を丸くして歓迎してくれた。

叔父（母の弟）に連れられて見て回った東京はほとんど焼け野原になっていて、銀座では木造平屋バラックの屋台店の連なりが何列も並び、人々がひしめいていた。しかしB29の大編隊による絨毯爆撃から解放されたせいか、街の雰囲気は意外に明るかった。皇居付近の焼け残ったビルには進駐軍（占領軍）当局が入っていた。有楽町の日劇ビルも残り、四月一日から宝塚歌劇の戦後初公演が行われていて、叔父に連れられて観劇した。江戸の祭りの場面だったと思うが、いなせな兄いの格好をした春日野八千代（？）や可憐な姿の乙羽信子が出てきた。踊ったのは天津乙女ではなかったか？　彼女らが満洲公演にきた時に歌った「九段の母」に感動して覚えた歌詞「上野駅から九段まで……」を今でも忘れていない。

丁度その時、米国製の新憲法によって新設された参議院の初選挙が四月二〇日に行われることになっていて、選挙戦の最中だった。皇居付近の焼け残ったビルの辺りを歩いていると、GHQ（連合国軍総司令部）に近いせいか、英語による選挙演説がスピーカーから流れてきて、最後に「コウタロウ・タナカ」という名前が言われたことを覚えている。田中耕太郎氏（後の最高裁判所長官）のことだということは分かったが、本人の声かどうかは、もちろん分からない（結局のところ同氏は全国区一〇〇人中の六位で当選した）。以上、東京見物については細部で記憶違いがあるかも知れないが、私にとっての大事件だったので忘れられない。

焼けてはいても明るく感じた東京を歩き回り、やっと故郷に帰ってきたような気がしたが、一週間ほどして九州に戻った。そして間もなく、私は突然、痙攣《けいれん》発作を起こして倒れ、気を失った。最初の頃は連日のように発作が起きて、大変つらかった。

地元の医者から真性癲癇《てんかん》と診断されたが、後から見ると間違いだった。その医者から、「脳圧を下げるために」と言われて脊髄《せきずい》に太い注射針を刺され、髄液を抜かれたが、大変な頭痛に襲われて三〜四日間苦しんだ。父が紹介状をもらってきて九州大学医学部付属病院の精神科および第二外科に入院しても診断はつかず、脳腫瘍の疑いという診断書をもらっただけだった。

しばらく名古屋の借家で過ごしていた五歳の時、傾斜した瓦屋根の上に広げて干してある布団の上ででんぐり返しをして転げ落ち、真っ逆さまに地面のコンクリートの上に転落して気を失ったことがあるので、そのせいではないかと尋ねたが、医者たちは大して関心を示さなかった。脳のレントゲン写真を撮るためという理由で何回か脊髄に針を刺されたり、頭にドリルで穴を開けられたりして頭の中に空気を入れられた後の数日間、頭が割れるように痛かった。私の頭蓋骨には今でも数個の穴が開いていて、老齢と共に髪の毛が薄くなると目立ち始めた。今から考えると、当時の脳外科の技術は古代と余り変わっていなかったように思える。CTやMRIなどのような素晴らしい技術と機械が何処にでもある今の日本の患者はまことに恵まれている。

「私はぼう然として毎日を過ごした。その間に一つの決意が発酵してきたのである。『ぼくの体験を後の世の人々に伝えたい。しかし、今は、人に話すことを止めよう。体験を話すだけでは駄目だったのだから、共産主義を勉強して批判しよう。』」（拙著『資本主義と共産主義』「まえがき」v

〜vi頁）

そう思い始めると、私は徐々に悪夢から抜け出していった。休学したので頭が冷え、悪夢を鎮火させたのかも知れない。そのせいか、発作もだんだんと治まってきた。

「脳腫瘍かも知れないので念のために」と言われて、頭にX線の照射を受けに同大学精神科（同じ所にあったレントゲン科？）に二〜三週間（？）通うことを、高校に進学してからも年に何回か繰り返した。そのせいか、ぼんやりして頭が働かないことがしばしばあって、X線の医師から「ごめん、ごめん。少し強すぎたかな」と言われた。その頃から頭が疲れやすく、思考の持続力が弱くなったのは、脳がさまざまな苛めを受けたせいか？

その後痙攣発作は起きなかったが、睡眠中に発作の恐怖に襲われることが時々あって、「バランス」や「セルシン」などの軽い精神安定剤を飲むと治まった。本当の脳腫瘍を患ったのは当時から四〇年ほど後である。今から考えるとあの発作は、成長期に入ろうとしていた私の頭脳が適当に消化することができないような精神的重圧を受けたための反応だったのかもしれない。

もう一つ忘れ難いのは空腹である。配給制の米は貴重品で少な過ぎたのはもちろん、雑穀も芋もなかなか手に入らなかった。当時は日本中が飢えていたのであるが、福岡県の城内村は農村だったから周辺は畑や田んぼで、同級生たちは十分に食べているようだった。引き揚げ者の私たちにとっては配給だけが頼りだった。もちろん売り食いするようなものを持って帰ることはできなかった。一三歳の時の秋に引き揚げてきて一ヵ月余りすると一四歳になったが、一六歳頃までは腹が空いてたまらなかった。米ぬかを湯で煎じると牛乳のように白く濁ったので、少しは腹の足しになるかと思って飲んでみたが、渋くて吐き出した。

一年間休学して翌年四月、もう一度中学三年生に戻った時、学校制度が変わっていた。入学試験を経て入った旧制中学校（五学年制）に代って、義務教育の中学校（三学年制）と入学試験に合格すれば入る高等学校（三学年制）とが新設され、旧制中学校はそのまま新制高等学校になった。入学試験を経て入った旧制の県立「中学伝習館」の四、五年生は自動的に「伝習館高校」一、二年生になり、中学伝習館一〜三年生は臨時に三年間だけ設置された伝習館高校「併置中学」の生徒になった。私は伝習館高校併置中学三年生として復学したのである。

しかもその頃、福岡市に大林組の社宅が建設されたので、私の家族は精米所の片隅の部屋から出て新築の社宅に引っ越し、私だけが福岡県大川市の叔母（父の妹）と息子の栄茂君（私と同い年）が住む家に預けられて、伝習館併置中学に通うことになった。国鉄の大川駅から柳川駅まで蒸気機関車に引かれる列車で大勢の生徒たちに混じって乗った。大した距離ではないが、七〇年以上前のことだから、今よりはずっと長い時間がかかったと思う。

大川市はタンスや机などの家具製作で知られた大工の町で、叔父（叔母の夫）は大工の棟梁（親方）だったが、戦争のせいで仕事が激減していたので、私の父が満洲の奉天に呼び寄せて紹介した「内外木材」という大林組の子会社に勤めていた。その時に召集され、南方で戦死したのである。

併置中学を卒業すると、同級生たちは自動的に伝習館高校に進学したが、私は福岡市内の家族の許に帰ったので、家から近い修猷館《しゅうゆうかん》高校に編入試験を受けて入学した。

以上のように、引揚げ後は死の恐怖こそなかったものの、生活の激変が次々に起こったが、奉天葵小学校の同窓会（二〇〇九年一〇月）の時に同期生の畠山靖子（旧性：都築《つづき》）さんから聞いた体験は、はるかに厳しい。引き揚げ者を迎えた時の日本の状況をよく表わしているので書いておきたい。

彼女は葵小学校に入学したが、満鉄に勤めていたお父さんの転勤により、二〜四学年は奉天近郊の皇姑《こうこ》屯《とん》小学校、五〜六学年は牡丹江で学んだ。牡丹江は奉天（現・瀋陽）から北西へ六〇〇キロメートル弱の街で、西へ一三〇キロメートルほど行くとソ連である（何れも直線距離）。奉天にいる日本人の間では、ソ連軍がいち早く侵攻してきて激戦が行われ、多数の日本兵が戦死した町として知られていた。

彼女が女学校に入学して間もない一九四五年八月八日（ソ連軍が満洲に侵攻してくる前日）、「一週間位で帰れるから何も持つな」と言われて牡丹江を出発、八月一七日に撫順《ぶじゅん》（奉天付近の炭坑都市）に着いた時に敗戦を知った。翌四六年四月二日に撫順で父が亡くなり、母と五人の姉妹が残された。母子家庭が優先された引き揚げの第一陣として六月中旬に撫順を出発し、葫蘆島を経由して七月二日に広島の宇品港に帰着、新潟県堀之内にあった母の実家に行ったが、伯父（母の兄）から「帰って来なければよかった」と言われた。焦土と化した内地の生活も大変なんだから、今さら頼られても困るということだったらしい。

母は妹三人を連れて土建工事の飯場（労務者の宿舎）に泊まり込んで働き、彼女は妹一人を連れて群馬県藤岡町（現在は藤岡市）にあったフジヤマ製糸（漢字不詳）の工場に住み込んで、妹と共に女工として働いて仕送りをした。三年くらいして労働基準法が出来て、年少の妹が就労不可となったので堀之内に帰った。貯金していた三万円ほどの金で小屋のような家を買い、母と一緒に住めるようになった。

その後畠山さんは結婚して娘が生まれ、幸せに暮らしている。「満鉄一〇〇年の会」に出席した時、同じテーブルに葵小学校の同窓生がいたので同窓会があることを知り、最後の四回だけ葵校の総会に出席できたという。その同窓会が、会員がみな老齢になったので解散することになって、その最後の総会で日本舞踊を見事に踊り、素敵な思い出を作ってくれた。幸せになる人柄、他人をも幸せにする人である。

日本にはこのような人たちが少なからずいたのだということを、若い人たちに知ってほしい。

第7章　共産主義幻想をもたらした米軍の情報統制――検閲と東京裁判

一年間の休学後、私は再び中学三年生になった。その頃から高校生の時期にかけて、共産主義を批判するという執念、鬱積してきた思いを晴らすように、共産主義の教祖たちの著作（邦訳）をむさぼり読んだ。マルクスの『共産党宣言』、『賃労働と資本』、『賃銀、価格および利潤』、『ゴータ綱領批判』、『資本論』、そしてエンゲルスの『空想より科学へ』、『家族、私有財産および国家の起源』、『フォイエルバッハ論』など、岩波文庫や古本屋で探し出した本を買って読んだ。

当時は紙などの物資不足時代で、読みたい本も手に入らないことが多かった。そして本の価格は所得水準に比べて比較的に高く、まして僅かな小遣いでは岩波文庫さえも買えないことが多いので、高校入学の頃から、花屋で仕入れた大和撫子《やまとなでしこ》などの苗を街頭で売って本代を稼いだ。その疲労が長い間の栄養不良に重なったせいか、高校に入って三ヶ月たったころに結核（肺浸潤）を患ってしまい、何ヶ月か寝込んだ。寝ながら本を読んだ。抗生物質という有り難い薬などはない時代で、人工気胸と呼ばれる治療を受けた。そのせいで肋膜が癒着している。

マルクスの『資本論』を初めて目にしたのは向坂逸郎訳の岩波文庫版だったが、『資本論』第一巻は岩波文庫で四分冊から成るのに、高校一年生だった昭和二五年（一九五〇年）三月に第一分冊から読み始めた時には全部が出版されていなかった。同年九月に第四分冊（定価九拾圓）がやっと出たので、翌二六年一月八日、高校二年生の時に『資本論』第一巻を読み終えることができた。一八歳になって約一ヵ月経っていた。河上肇『資本論入門』（世界評論社、全五分冊）を手掛かりにした。普通の学問の素養に基づいて批判する能力も社会的経験もないのに、いきなり『資本論』を読むのはとんでもない間違いだったが、そう教えてくれる人は私の周辺にいなかった。結局のところ私は、マルクスの理論体系を理解しようと一生懸命に読んで考えている間に、壮大かつ華麗に見えた唯物弁証法という名の手品に魅了されてしまった。マルクス主義を信奉する知識人や大学教師たちが非常な権威を持っていた時代の流れに、私は押し流されてしまったのである。少年の私が一人で抗しきれるはずもなかった。ただし、彼らが権威をもって活躍していたのは、日本の降伏後に彼らと対立していた知識人や大学人たちが占領軍によって追放され、その後に彼らが招き入れられたからだった。

マルクスの理論体系が目眩《めくら》ましの手品に似た屁理屈によって組み立てられていることを知り、論理的に批判する論文を書き始めたのは、ずっと後に大学の教職に就いてからである（マルクス主義批判の概要を、本書の最後に補足編第28章、第29章として示した）。

同じ頃、占領軍によって極東国際軍事裁判（略称・東京裁判）という似非《えせ》裁判に基づく日本国民の洗脳が、占領軍の絶対的統制下にあった新聞、雑誌、ラジオ等を通じて行われた（テレビはまだなかった）。マスコミだけでなく、手紙や葉書などの私信も厳重に検閲されていた――そのために多数の日本人が高給で雇われていたことをずっと後に知った。一五歳の私が昭和二四年（一九四九年）四月から九月にかけて友達や従兄弟たちから受け取った三通の手紙が手元に残っているが、どの封筒にも「RELEASED BY CENSORSHIP 検閲濟」という丸い判が押してある。

全ての新聞やＮＨＫラジオはアメリカ軍の完全な統制下に置かれていて、日本は犯罪国家であるという罪悪感を日本国民に植え付けるための道具となり、そうでなければ存続を許されなかったことを知らないで、それらの公正さを疑わなかった私は、ソ連を含む連合国を平和を求める民主主義勢力として描き、日本軍を残虐に描く報道に衝撃を受けた。例えば南方の日本軍将兵は、略奪や強姦に熱中したばかりか、赤ん坊を上に放り投げ、落ちてきた子を下から銃剣で受け止めて串刺しにするような残虐な遊びをして楽しんだというのである。「日本の軍隊は獣のソ連兵よりもはるかに残虐だったとは知らなかった！」という怒りが、頭の中に詰め込まれていたマルクス主義の知識と結びついて、日本的資本主義が戦争を引き起こす根源であると考え始めた。批判するために読んだマルクスの著書が米軍の情報統制に助けられて逆襲し、ミイラ取りをミイラにしてしまったのである。

しかも私は、原爆を落とされた広島の人々の悲惨な姿を描いた丸木位里・赤松俊子共作の「原爆の図」に衝撃を受けた。満洲における地獄の思い出が時々噴出することにも悩まされていた私は、原子爆弾禁止を要求する「ストックホルム・アッピール」（一九五〇年三月）を支持する署名集めの活動を始めた。それは、ソ連が原爆を開発するまでの間、アメリカの原爆を無力にするために世界の共産勢力が始めたキャンペーンであることなど知る由《よし》もなかった。署名集めを熱心にすればするほど、自然に共産党に近づいていった。そして高校卒業の数ヶ月前、共産党の下部組織である民主青年団（略称、民青）に勧誘されて加入した。

高校では、仲が良かった野村俊夫君と相談し、同級生や下級生たちに呼びかけて「読書サークル」を結成した。三〇名余りの二、三年生が参加して、エンゲルス著『空想より科学への社会主義の発展』、マルクス著『賃労働と資本』などの研究会を毎週行ない、盛況だった。またこのグループは秋の文化祭などで、フランスの「レジスタンス」（フランスを占領したナチス・ドイツに対する抵抗運動）の詩人たち、アラゴンやエリュアールなどの詩の朗読会や原爆展などをして、多くの人が見に来た。懐かしさと胸の痛みとが入り交じった思い出が甦《よみがえ》ってくる。

三年生になって間もない六月、生徒会の総務（生徒会長）の選挙が行われることになり、人望があった佐伯康治君の圧勝が予想されていたが、わたしは敢えて立候補し、読書サークルの連中が応援してくれた。講堂で開かれた演説会や教室巡りの訴えなどの選挙運動を経て、六月二五日の投票日、六五五票対六〇六票、四九票の僅差で惜敗した。投票総数一三三三票（一学年当り約四四四票）のうち、無効五一票と白紙二一票との合計が七二票に上り、二人の得票差四九票より多かったのは、迷った人が多かったことを示している。

修猷館に転入して二年余しか経っていない私が、中学に入学した時から修猷館に五年余り在学していた佐伯君を相手にこれほど得票するとは思われていなかった。「一・五対八・五の形勢から五分五分に漕ぎ着けたので驚いた」と、三年生の同輩たちから口々に言われた。たしかに三年生の間では、予想ほどではなかったとは言え佐伯君がかなり勝っていたと思うが、一、二年生の間では私が勝っていたので、僅差になったのであろう。

気立てが良くて鷹揚な佐伯君に人気があるのは当然だった。進学したのは彼が工学部、私は経済学部という違いはあったが同じ九州大学だったので、仲良しの付き合いが続くことになる。

第8章　九州大学入学——共産党活動と脱党

私が高校三年生だった昭和二六年の頃は、まだ一般の所得が低くて、福岡から東京に遊学することは、今の外国留学よりも困難な感じだったから、大半の者は地元の大学に入学していた。しかも私は病弱だった。高校に入学してすぐに結核初期とされた肺浸潤を患って数ヵ月寝たが、またも休学するのが嫌で、体温計を脇の下に挟んで授業を受けていた。懐かしい東京で学生生活を送りたかったが、三年生になっても教室で体温計が三八度を超えることが多かったので、父は家族から離れることを許してくれなかった。今から思うと不覚だったが、私は、学生運動ならばどこにいても同じだろうと気持ちを切り替え、向坂逸郎、高橋正雄という著名なマルクス経済学者がいる九州大学経済学部（福岡市）に入ることにした。皮肉なことに、入学するとこの先生たちを敵視することになったのである。

昭和二七年（一九五二年）四月、私は九州大学経済学部（最初の二年間は教養部第一分校）に入学、同時に共産党に入党し、共産党が主導していた学生運動に夢中になった。共産党からすれば、社会主義協会の重鎮だった向坂教授と高橋教授は反共の社会民主主義者という敵だったのである。しばらくして父から、翌年には東大を受験してもいいと言われた時には、共産党活動で頭が一杯になっていて、転学どころでなかった。

あの頃は物情騒然の時代で、入学直後に血のメーデー事件が起こった。五月一日午後、明治神宮外苑の中央会場を出発したデモ隊の中の学生、朝鮮人、自由労務者たち（日雇い）約六〇〇〇人が「人民広場へ行こう」と叫んで皇居前の警戒線を突破し、五〇〇〇人の警官隊と衝突して警察官の重軽傷七四〇人、デモ隊の負傷二〇〇人、死者二人を出した。米軍車両一四台が消失、一〇一台の車両が損壊し、ピストル三丁も奪われた（ブリタニカ国際大百科事典・電子辞書版による）。軍事闘争を目指していた共産党が主導する意図的な治安攪乱であったが、私たちは、警察の横暴によって流血の惨事が起こったと主張する共産党中央指導部の宣伝を信じ込んでいた。

この事件によって、世論は破壊活動防止法の必要性を認めるようになったが、私たちは破防法反対のストライキとデモ（六月）を成功させるために夢中になって活動し、引き続きストライキの指導者に対する大学の処分の撤回を要求して主事室に坐りこみ、主事（分校長）の永井教授ら数人の教授たちを一晩中カンヅメ（閉じ込め）にして、処分撤回を約束させた。共産党員だけでなく一般の学生も一〇〇人以上は座り込みに参加していたと思う。大変申し訳なかったし、後に述べるように、自分が教師の立場に立つと、自分のやったことがブーメランのように帰ってきた。永井教授は奈良女子大学に転任して行かれたが、その二六年後、私にもそれに似た運命がやってくるのである。

その翌日開かれた九大第一分校教官会議で処分撤回が決議され、私たちは大喜びした。ところが、戦闘的な同志が永井主事の家に投石して逮捕され、私たちは、折角の勝利が台無しになったと意気消沈した。そして警察署への抗議、街頭演説、裁判などの後始末で苦労することになった。私は市内の数ヵ所で「不当逮捕」に抗議する演説をし、その回りに大勢の人が集まった。それが父の耳にも入って、辛い思いをさせた。

しかも九州大学の学長が、第一分校の教官たちを市内の別の場所にあった大学本部に招集して処分撤回の決議は無効であると言い渡し、座り込みの廉で三人が放学処分を受けるという苦い結末になった。後にある若手教官が同志の友人に、「金子が放学処分を免れたのは入学早々だったからだ」と言ったそうである。もう一度ストライキをやれば放学されるはずだったが、翌年六月、福岡県内の筑後川周辺に大水害が起こって、救援という名の政治工作で農村に派遣され——しかし泥だらけになっての手伝いで精一杯だった——、ストライキの方針は自然消滅した。その後ストライキは行われず、したがって私は放学されることなく卒業し、大学教員への道を歩むことになる。私の人生には、このような岐路が無数にあったのである。

投石はある軍事委員（中途退学していた一年上の上級生S氏）の指示で行われたことを後で知らされた。この時初めて共産党の軍事委員というものの存在を知った。私も友人の党員たちも過激な方針に反対で、日和見主義《ひよりみしゅぎ》と批判されることを恐れつつ意見を述べたが、結局のところ軍事方針もその転換も「党中央」次第だった。私はレーニンが「民主主義的中央集権制」と呼んだ「ほとんど軍事的規律に近い鉄の規律」（「共産主義インタナショナルへの加入条件」大月書店版『レーニン全集』第三一巻二〇三頁）の落し穴にはまって、上級機関の指示どおりに考え、行動し、方針が変わると考えを変え、以前とは反対のことを主張しなければならなかった。例えば後に共産党が政策転換をして、前に述べた学長に対する評価が敵から味方に一変し、正月に共産党と名乗って学長宅へ自分で買った蜜柑を持って行かされた。辛いことだった。

上級機関の軍事係に連れられて、山の中でラムネ弾を投げる訓練を受けたこともある。ラムネ（日本独特の炭酸飲料）の空ビンに水とカーバイドを入れると泡立ってきて、ガラス玉で口が塞がれる。幾つか数えて投げると、先方で破裂してガラスの破片が飛び散るのである。私は一番上手いと賞められた。他の地方で共産党がやっていたように、人の家に投げ込むことを指示されなくて良かったと、思い出す度にぞっとする。

共産党員にとっては、党中央の方針以外の行動規範があってはならないのであって、人道主義は資本家階級の利益に奉仕する「ブルジョア・イデオロギー」である。「われわれ〔共産主義者〕の倫理はまったくプロレタリアート〔無産階級〕の階級闘争の利益に従属している」（「青年同盟の任務」『レーニン全集』第三一巻、二九二頁）。「人命の神聖という原則は、隷属する奴隷をつなぎとめておく〔資本主義制度を続ける〕ことを目的とする最も卑劣な嘘である。」（L. Trotzki, *Terrorismus und Kommunismus*, Verlag der Kommunistischen Internationale, Hamburg 1921, S.48. 拙訳：トロツキー『テロリズムと共産主義』）だから、人道主義や正義感など自分独自の基準に基づいて行動する者は二心者《にしんもの》と見なされて査問（詰問）の対象となる。実際、厳しい査問や監禁も見聞きした。しかし宮本顕治氏（元日本共産党議長）が同志の小畑達夫氏を査問中に殺したこと（一九三三年一二月）や、それに似た凄惨な査問が私の党員時代にも行われていたことは知らなかった。

当時の大学は四年間在学のうち前半の二年間が教養課程で、その間に学部ごとに定められた諸科目を修得すると後半の専門課程に進学することができたのであるが、私はその進学の直前、昭和二八年（一九五三年）秋（？）に非公然の日本共産党九州地方指導部「九州ビューロー」の「学対」（学生対策係）に任命された。あの頃は合法活動を行う公然の党機関は見せかけのもので、「裏《うら》」と呼んでいた非公然の党機関が本当の党指導部だった。後に本当の党指導部が表に出て中央委員会が選出された時、「九州ビューロー」のキャップだったG氏はその一員になっていた。

九州学対は九州における諸大学の学生細胞や党が牛耳る九学連（九州地方学生自治会連合）などにかんする党の方針を決めて指導する責任を負っていた。最初の仕事として九学連の委員長や書記長などの人選があり、委員長にI君、書記長にO君という信頼できる人柄の同志たちを選んだ。一般党員のほとんどはウラの人事を知らず、私が九州学対であることも知らなかったはずである。

それ以来、党活動に大きな波乱はなかったが、私が四年生だった昭和三〇年（一九五五年）七月、共産党の活動の仕方を一変させる決定が第六回全国協議会で行われた。「六全協」と呼ばれたその会議は、軍事闘争を含む極左的冒険主義、非合法主義、党内の官僚主義、家父長主義などを自己批判して、「党の公然活動を全面的に強化すること」になったので、九州学対の活動は自然に消滅した。私たち一般党員は「六全協」に衝撃を受けたが、その翌年にはフルシチョフの「スターリン批判」という巨大な衝撃がやって来るのである。

授業には四年間ほとんど出席できなかった。教室に行くのは演説するため、またはクラス討論を起こすためだった。講義科目は出席を取らなかったし、英語やドイツ語の授業も出席を取らない教官だけを選び、試験前日に教科書を友達から借りて一夜漬けで試験を受けた。ドイツ語にかんしては高校で補修授業を受けていたから、文法は問題ないにしても教科書の読本を一晩で読み通す自信はなかったが、年齢が数年上の幹部党員で仲が良かった中島一彦さんが私の家に一晩泊まり込んで、読本を読みながら全頁を訳してくれたので、翌日の試験に問題なく合格できた。留年を免れたのは中島さんのお陰である。

党から与えられた任務からすると授業の出席はとても困難だった。そのために、私の学力は高校三年生の時よりも格段に落ちていた。恥を忍んで書いておかなければならない。後に大学の教師になった時、学生たちに授業出席を促す度に胸の痛みを感じた。

昭和三一年（一九五六年）三月、九州大学経済学部を卒業し、同じ市内の勤労者教育協会という所で一年間だけ無給で働いた。事務局長と私の二人だけの事務局が運営する組織で、九大の若手教官を講師とし、労働組合などを通じて募集した受講者が一〇〇人前後いたと思う。しかし私はこれまでの人生と思想を根本的に再検討してやり直さなければならないと思っていた。幸いにも父は大学院で勉強することに賛成してくれた。

一年後の昭和三二年（一九五七年）四月、九州大学大学院経済学研究科に入学した。その前年に出版された高木幸二郎著『恐慌論体系序説』（大月書店）を読んで大変興味を引かれたので、二人の大学院同期生、岩野茂道君および逢坂《おうさか》充君と共に三人で高木幸二郎教授を指導教授に選んだ――つまり「門下生」となった。高木先生は九大出身で終戦まで満鉄調査部に勤務され、引き揚げ後に勤務された中央大学の教授から転任して来られたばかりだった。当時の九大経済学部のほとんどの教授と同様に、高木先生もマルクス経済学者だった。いろいろとお教え頂き、ずいぶんお世話になったが、私の言動や論文、著作は先生のご期待に背いていたようで心苦しく思っている。

同期の門下生のうち長崎大学からきた一歳年上の岩野茂道君は後に熊本学園大学学長、熊本学園理事長を長年勤めることになり、一歳年下の逢坂充君は九大経済学部教授として高木先生の講座を引き継ぐことになる。

二年間の修士課程と三年間の博士課程で規定の単位を取った後、当時の慣例に従って一年間だけ文部教官助手になったが、事実上は博士課程の四年生だった。

党費は払ったが活動しない「居眠り党員」数年の後、博士課程三年目の昭和三六年（一九六一年）に離党届を出した。共産党からすれば「居眠り」であるが、実際は『資本論』全三巻を、原書と翻訳を付き合わせながら隅々まで読み返すことを含めて、マルクス理論の再検討を一生懸命に行っていた。

共産党員だった私は、日本を救うつもりで損ない、社会の人々に迷惑をかけていた。大変申し訳なく思う。認めるのは辛いが、青春を懸けた行動は間違っていた。青春時代の思い出は甘美であると同時にとても苦い。しかし、「ひたむきな青春の思い出は、冒した誤りを明らかにすることによって価値あるものになると思いたい。」（拙著『資本主義と共産主義』の「第二刷にさいして」）

当時の自分や党内外の友人たちをすべて否定することはできない。当時の直向《ひたむ》きな生き方なしに今の自分はないのだし、友人たちのことも懐かしく思い出す。亡くなった親友たちとは何時も心の中で話しあっている。

第9章　大山遭難——「生き延びる可能性は四分くらいだろう」

大学を卒業した昭和三一年（一九五六年）の秋、私は山の中で四日三晩迷い歩いて捜索隊に助け出されるという遭難事件を引き起こしてしまった。母方の祖母と叔父たちが住む鳥取県米子《よなご》市の南東に聳え立つ大山《だいせん》で、一〇月一〇日から一三日までのことである。まだ携帯電話もテレビもない時代だった。

日本海から吹く烈風をまともに受ける大山は標高一七二九メートルであるが、三〇〇〇メートル級の山に劣らぬほど気候が厳しく、山肌は荒々しい。その大山に連なる山々の頂上をつなぐ道を歩き通してみたいという望みが湧いてきたが、大山山頂—振子山—野田ケ山—矢筈山《やはずやま》—甲ヶ山《かぶとがせん》—船上山《せんじょうせん》—赤碕という縦走路は長いから一人で行くのは危険だと叔父に注意されたので、振子山の手前の「象ヶ鼻」「ユートピア」という所から下山して帰るつもりで、一〇月一〇日早朝、バスで中腹の大山寺部落に行った。米子市教育委員会に置かれている大山山岳会事務局から紹介された宮本旅館でも、叔父と同様な注意を受けて、登山を開始した。

山頂を経て「ユートピア」と呼ばれる所に着いた時、逆方向から来た三人連れから「矢筈山まで一時間で行ける」と教えられた。逆方向から単独で来た人も、「その日の内に全コースを完走できるのではないか」と言った。それならば、と考えが変わった。自分の希望に合う意見を頼りにして、叔父、専門家、そして地元の人たちの意見を無視してしまったのである。ところが実際には矢筈山まで二時間半もかかってしまい、次の甲ヶ山に着いたのが午後五時だった。これでは明るい内に最後の船上山には着けないと思って谷川（甲川《きのえがわ》）へ下りた時は午後六時近く、すでに薄暗かった。それでも川伝いに里へ出られると思っていた。実際には数々の滝、岩石、絶壁が立ちはだかっている。その多くは転げ落ちたら危険な急峻である。本当は、たとえ翌朝になっても、縦走路に戻らなければならなかったのである。

暗がりを夜中まで川に沿って歩き、大雨が降ってきたので岩陰に座った。体を休めようと努めたが、眠ってはいけないと思って一睡もしなかった。握り飯を一つ食べたが、リュックの中で土と混ざり、生暖かくて臭くもあったので残りの握り飯は食べないで氷砂糖をなめた。寒かった。気温は一〇度以下だったと思う。マッチで紙を燃やそうとしたがどちらかが湿っていたせいかだめだった。冷たい足を叩いたりこすったりして暖め、意識をはっきりさせようとした。暗闇の中で自分の愚かさを思い知り自分を責めた。絶望してはいなかったが、両親に詫びる言葉を手探りで手帳に書いた。後で見ると、飛び飛びの頁に渡って書かれているし、曲がりくねった字が大変読みづらい。当時の本音をさらけ出しており、恥しいがここに書いておく。「マックラヤミ。十月十日。若し僕が死ぬならそれは僕の責任　死は死する者にとってではなく、生き残る者にとってのみかなしい。僕はむしろ何ともない。カアチャン、お父さんが悲しむのさえなければ気楽なもの。カアチャン　ゼッタイニ哀しむな。あとに、マサコ、マモル、クニコ〔何れも私の弟妹〕が残っている。僕の日記、その他は、野村〔親友〕にやる　自らの冒険主義で僕は死んだ。生きたいのは山々だが今となっては仕様がない。あすの朝までできるだけ生きるつもり。寒くなってきた。」

翌朝、小魚のイリコを食べ増血剤を飲んだ。残ったのはアリナミン（ビタミンＢ１）だけで食べ物は何もなかったが、谷川の水を飲んだ。とにかく道を捜すことに全力を尽くし、沢山の絶壁を超えた。何回か滑り落ちた。リュックサックが邪魔になり、五万分の一の地図も役に立たないので、どちらも置き去りにし、あとは磁石だけに頼った。もしも捜索隊が出ていればリュックが目印になるかも知れないと思った（実際そのとおりになった）。その夜から眠くてたまらず、眠っては起き、また眠ることを繰り返し、眠っても大丈夫だと分かった。木の根元に座り込み、ビニールのレインコートを被って眠ったこともある。後の新聞によれば、「金子君の装備は当初考えられていたものよりもずっとよく、……山岳用リュックに毛糸クツ下一枚、ナイロンクツ下三枚、セーター二枚、下着三枚、ビニール製レインコート一枚、カメラ、双眼鏡に大山の五万分の一の地図、磁石など……食料は二食分のにぎり飯、まん頭数個であった。とくに寒さに耐えたのはビニール製雨具の用意があったことで、下半身は泥と雨でずぶぬれ状態だったが、上半身はぬれていなかったこと……などがあげられている。」（日本海新聞、昭和三一年一〇月一五日）

一回だけ「ヤッホー」という叫び声を聞いたような気がした。谷川の急流の響きが幻覚をもたらしたのかも知れないと思ったが、「ヤッホー」と答えておいた。あせってはならないと思ってのんびりするように努め、気を紛らすために歌をうたったりした。

だんだんと体力が衰えてきて、四日目になるとポケットから物を出し入れするのもおっくうになり、一分かかってやっと一メートル歩くという状態になってきた。その四日目の午後、疲れて川岸の岩に腰掛け、自分が生きのびる可能性は四分（四〇％）くらいだろうと、ぼんやり考えていた。このまま死ぬのは楽だが両親を悲しませるのが辛かった。（後で考えると、楽観的すぎる推測だった。むしろ助かる可能性はゼロに近かったのではないか？）

そんなことを考えていた時だった。川岸の五、六〇メートルほど先に人々の姿が現われ、声が聞こえた。「来るものが来た」という感じだった。

その二日前、二人の叔父（金山綾章《かなやまあやあき》＝金山貿易商会代表と金山鶴介）は一一日朝になっても私が帰ってこないので米子市教育委員会を通じて大山寺部落に捜索を依頼した。ある新聞によれば、「部落救護会員を中心に折からキャンプ中の鳥取大医学部、岡山大・山岳部員らによって救援隊が編成される。金山さんとともにかけつけた金山商会の三谷《みたに》支配人も加わってその数一一名、四パーテイに分かれて午後一時捜索に向かう……ガスは深く風も強くて頂上付近の瞬間最大風速約三〇メートル、前日の雨でかなり冷え込み、捜索隊員の手はかじかむ。手掛りなし。午後六時半四パーテイとも部落に帰る。」（山陰日日新聞、昭和三一年一〇月一五日、坪倉記者）その一一日夜、大山山岳会の佐野会長を迎えて捜索会議を開き、捜索本部を宮本旅館に置くことにした。

翌一二日朝七時、第一陣が出発。「捜索隊員の総勢は新たに米子東高山岳部員らを加えて約五十名、……七パーテイに分れ大山一帯を……捜索。……昼前明るい情報が入る。逆縦走した赤碕郵便局の落合さんが十日の午後一時半から二時ごろに象ヶ鼻付近で行き違った人が、新聞に出ていた金子さんらしいという。時間的にも『九州の者で米子に親類がある』などの話……からも金子さん……との確信をもつ。本部に待機していた佐野会長自ら捜索隊を組織して甲ヶ山から甲川方面に飛ぶ。親指ピーク付近でタオル一本、甲川の川筋でクツ下片方を発見、……さらに甲ヶ山から甲川に下りる急坂でスリップのあとを発見……。捜索範囲しぼられる。しかし前夜もひどい雨が降っており、二度の雨にたたかれた金子君の生存があやぶまれる。……あすの捜索がヤマだ。父親も本部にかけつけ、母親も米子で息子の安否を気づかっている。」（同右紙）

捜索三日目、一三日。「午前七時トラックで〔甲川〕川床まで上り……四パーテイに分れて一帯の捜索に当る。赤碕方面からは落合さんをリーダーとして船上山尾根に一隊が出動する。午前十一時ごろ昨日と同じ甲川岸で残る片方のクツ下と九月二日付朝日新聞九州版を発見、さらに……千鳥まんじゅうの包装紙をみつける。甲川に下りたことはほとんど確実だ。……捜索隊はこの付近で合流して二パーテイに分かれ……一隊は香取開拓団へのルートに向う。……開拓団で状況を聞いたが、手掛りつかめず。そのとき午後一時。しかしいま捜した道とは別にもう一本甲川へ出る道があるという。直ちにその道を甲川に返す。細首の滝からはるかに下った第四滝下付近に出る。あった！リュックサックとカメラ、衣類など……よしそれほど遠くはない……足あとをたどって捜し歩く。足あとが消えると一行は横隊になって歩く……みつかればそこへ集る。リュックのあった場所からおよそ四百メートルから五百メートルたどって『ヤッホー』と呼んだとたん目の前の岩カゲからヒヨロヒョロと起き上がった人に驚く。『金子さんですか？』ニッコリ笑う。ああ、われわれの努力は報いられた。時計の針はちょうど三時二十分を指していた。よかった。よかった無事救助したのだ。毛布に包んだ金子さんを背負って香取へ向かう。」（同右紙）さし当たり香取部落の高木さんの小屋に担ぎ込まれて布団に寝かせられ、奥さんが重湯を作って下さったと思う。

「金子君の生存は絶望視され、ただ甲川地内を捜索している祝原隊＝リーダー大山寺救護会長祝原保信氏（三五）＝と足立隊＝リーダー大山救護会員足立理氏（三〇）＝の捜索結果と帰着を待って、これで手がかりがなかった場合、捜索は一応十三日で打ち切られるという寸前だっただけに本部は一瞬〝暗から明〟に〝よかった〟〝やった〟〝万歳〟の声が……渦巻き、……父親の勇さん（五一）は……佐野大山山岳会長としっかり抱き合ってただ涙……。」（日本海新聞＝前掲）

九州大学の仲間の数人も福岡からやって来て捜索に加わってくれていたし、高校の同窓生たちや他の友人たちも福岡の私の家に集まって連絡係や資金カンパなどの活動をしてくれていた。連日七、八名が泊まり込みで連絡にあたってくれたという。

なお読売新聞が、「ついにこの日〔一三日〕でいったん捜索を打切った。」（一〇月一四日）と推測で書いた記事は誤報だったし、私と会ってはいないのに、「十四日は朝八時ごろから、すっかり気力を回復し次のように語った。」（一〇月一五日）と言って書いている記事は事実と異なっていた。これに対して山陰日日新聞の記事は坪倉記者と署名され、事実に反する所が全くなかった。当時そう思ったから、当時を思い出す時は同紙の切り抜きが頼りになる。

翌年夏、救援隊隊長の祝原さんと副隊長の足立さんが、私が迷い歩いたところを案内して下さった。八月一二日朝、捜索本部が置かれた宮本旅館を発って、その晩は山中の木挽き小屋に泊まり、翌一三日夕方、宮本旅館に帰着した。その後も何回か、結婚後は妻と共に大山を訪れ、両氏は大変喜んで下さった。

助け出されてから満一年後、一〇月一三日の山陰日日新聞は、「大山の周りの皆さんへ」と題する次のような拙文を掲載してくれた。

「皆さん、お元気ですか?僕は一年前、何気ない軽率な登山から大山の甲川の辺りを四日間迷い歩き、十月十三日皆さんにたすけて頂きました。勿論、僕は生きる為に全力を尽しました。然し、もしかしたら自分は死ぬかも知れないが、両親や皆さんにかけて了った心配さえなければどんなに気楽だろうと思ったのでした。果してその四日間、大山の周りの総ての目と耳が、見も知らなかった僕という一つの生命に注がれていたこと、その生命を救うために幾百の人々が仕事と勉強をすてて山に入っていたこと、それを後で知った時、僕は自分のやった事の重大さに愕然として、身の置き所がない様な気持でした。自分は一人で生きているのではない、人々と固く結ばれ支えられている、そして自分の行為もまた良かれ悪しかれ波紋の様に人々に伝え返されて行く。だから自分が正しく生きるということは唯自分一人だけの問題なのではなく人々に対する責任でもあるのだ、という事を痛い様に感じたのでした。その様な事は平生も考えない事はなかったのですが、それが自分の生命をかけた強烈な印象となったのでした。それに比べて、山の中での事は当時も今も淡々とした思い出でしかないのです。『奇跡的な生還』だったという自分の陥った危機に、自分では本当に気付いていなかったせいもあるでしょう。

此の夏、僕はまた大山へ行きました。汽車が皆さんに近づくにつれて、僕は恥ずかしさと懐しさでむせる様な思いでした。自分の生涯にとって、大山の周りの人々がどの様な意味を持っているかという事を改めて思ったのでした。僕は生きる喜びを感ずる時、大山と皆さんの事を思い出さずにはいないでしょう。大山は僕の第二の生れ故郷となったのですから。

僕は皆さんに支えられた自分の命を大事にして行くつもりです。正しく、より良く生きる為に一所懸命頑張るつもりです。どうか今後ともお力添えをお願い致します。皆さんのおしあわせを心から祈っています。さようなら。

一九五七年十月十三日」

助け出されてから一〇年後、私は関係者や学校などに再び感謝とお詫びの手紙を書き、次のような現況報告を付け加えた。「当時は福岡に住んでいましたが四年前に大阪に移り、それ以来桃山学院大学に勤めています。当時は卒業したばかりの学生でしたが、今では逆に、当時の自分と同じ年頃の学生たちに経済学を教えることになってしまいました。この学生たちに自分のような過ちをさせたくないとひそかに願っています。〔以下別行〕昨年十一月には、はじめて男の子が生れ、建（ケン）と名づけました。この子を見るにつけて、子を亡くすという最大の不幸に私の両親が陥ることを防いで下さったことに感謝しないではいられません。」

第10章　東北の吾妻山――大阪市立大学ワンゲル部の学生を看取った衝撃

私が山から助け出されてから六年後の昭和三七年（一九六二年）八月一日、今度は逆に、私が山で倒れた大学生を介抱し、最期を看取るという衝撃的な体験をすることになった。

吾妻連峰（福島県）の中腹、標高一二〇〇メートルの幕川温泉「吉倉屋旅館」でのことである。当時は電気も電話も通じておらず、夜の明かりはランプ。バスを降りて一時間近く山道を歩いて行く湯治宿で、柳行李《やなぎこうり》を背負った農家の人たち、大きなリュックサックを背負った登山者たちが主な客だった。

一九六二年夏、大阪市立大学ワンダーフォーゲル部（普通「ワンゲル部」と略称されている）の一隊が吾妻《あずま》・安達太良《あだたら》山系で合宿訓練をしていて、一週間目の七月三一日、吉倉屋にやってきて、疲労困憊《ひろうこんぱい》していた新入生の田中良造君を置いて行ったのである。その翌朝、田中君は便所で倒れているのを発見され、部屋に運ばれると譫言《うわごと》を言い始めた。満洲育ちのせいで夏が苦手な私は、夏期休暇中の習慣として標高の高い所にあるその宿で勉強していたのであるが、宿の人から請《こ》われて田中君の部屋に行った。当時は地方ごとの言葉で訛《なま》りの違いが大きかったので、意思疎通を助ける必要もあった。

意識が戻り始めた彼は、「何で此処にいるのか、何でや？」「何処から落ちたんか、頭は大丈夫か？」と叫び、起き上がろうとしてもがいた。私は大きな声で、「落ちたのではないぞ。疲れてこの宿屋に寝ているのだ。怪我はしてないから安心しろ。静かに休まないと家に帰れないぞ。」と繰り返し言うと、彼はもつれる舌で、「ああそうか、よかった、よかった」と言った。宿で働いていた娘さん（宿主の孫娘、古川照代《てるよ》さん）は、福島市内から医者を呼ぶため、また大阪の連絡先に「キュウビョウ」と電報を打つために、電話がある峠の茶屋まで、歩くと片道一時間の山道を三〇分で駆けていった。携帯電話が現れる時よりはるか前の時代で、山の中の温泉宿には有線電話さえなかったのである。この照代さんは前日から田中君に付ききりで看病していた。夜の間も冷たいタオルを彼の額から絶やさなかったので、彼は気持ちよく眠れたらしい。タオルが彼の額に乗る度に、眠りながらも「すみません、すみません」と言っていたそうである。「私も田中君と同じ一九歳なので、一生懸命に看病してあげました。」と彼女は言った。翌朝、同君が部屋に担ぎ込まれた時の最初の譫言《うわごと》は、「あの優しい姉《ねえ》ちゃんは何処に行った」という言葉だったという。

彼はごろごろと転げ回った。そして冷たいタオルで頭を押さえていたおばあさん（照代さんの祖母）に、「何でそんなに転がすのか」と言い、少し落ち着くと、「さっきは糸車で何十回も振り回されたような感じだった」と言った。また、「腹の辺りが燃えるようだ」とも言ったので、彼の腹を触ってみたが、暖かくはなかった。他の部分も暖かみがなかったので衣類を着せようとすると、彼は「暑い暑い、脱がして下さい」と言った。

彼は心配する母親をなだめすかしてやって来たらしく、「家に知らせなかったやろうな？　兄貴には知らせたか?」と言った。この時私は、彼には兄がいるのかと思った。「家には知らせていない。兄貴には知らせたよ」と答えると、「兄貴に怒られるぞ」と言って微かに笑った。笑う気力が出て来たのか、と嬉しくなった。「そんなこと心配しないで、ゆっくり休んで早く元気になれ。元気になったら、たっぷりと叱ってもらいな。」と言うと、また微かに笑ったように見えた。後で知ったが、彼は一人っ子で、「兄貴」とはワンゲル部の上級生のことだったらしい。

彼は譫言《うわごと》にも、「俺は頑張ったぞ、俺は頑張ったぞ」と言っていた。後から考えると、自分の命とひき換えにまで頑張り過ぎたのである。経験の浅い新入生は、自分の命が続く限界を超えて頑張り過ぎることがある。しかも一人残された彼は、疲労困憊しているのに熱い温泉に入ったのである。心臓に大変な負担がかかったのではないか? 旅館に着く前に昼食を摂《と》った時、スプーンを持つ力もなかったという。経験が浅く、しかも衰弱して判断力が衰えている者の命を守るためには、リーダーは彼に付き添いを付けるべきであった。私自身のかつての行為を振り返ると、人のことを言える柄ではないのであるが。

彼は血色を取り戻し、苦痛も少し治まったように見えた。あとは医者を待つばかりだと思ってその場を宿の人に任せ、私はほんの暫《しばら》く自分の部屋に戻った。ところがその間に、彼は人に助けられながら便所に行き、またも倒れてしまった。知らせを受けて私は駆けつけたが、暫くすると彼はまた落ち着いたように見え、お茶を少し飲んだ。「冷たいのがいいか?」と聞くと、「熱いのが好きです」と言った。

彼自身も私たちも、医者の到着を待ち焦がれていた。福島市内から自動車と徒歩で三時間位かかるはずである。「医者はまだか？」と彼は言った。「もうすぐだ、頑張れよ！」と私は答えた。一一時四五分頃、医者が来たという先触れがあった。「医者が来たぞ」と言うと彼は、「来たか。よかったな、よかったな。」と言った。しかし、それから五分ほどたって、彼は起き上がろうと暴れだした。その時、私は気付かなかったが、照代さんによれば彼は、「南無妙法蓮華経《なむみょうほうれんげきょう》、南無妙法蓮華経」と二回繰り返したという。「その時が一番苦しかったんでしょう」と照代さんは後で言った。医者を呼びに人が駆けて行った。

　医者が部屋の戸口にまで駆けつけた時、彼は半ば起き上がり、私の両手をものすごい力で摑んで、「俺を殺すのか！　死にたくないぞ！」と叫んだ。そして医者が宛《あ》てがおうとした酸素吸入器と注射器を激しく拒んだ。私は怒鳴り返した。「そうだ、生きるんだ！　だから頑張るんだ！　じゃないと、お父さんにもお母さんにも会えないぞ！」そのせいかどうか、彼の力はだんだんと緩み、静かに眠り始めた。私には眠ったように見えたのである。

　医者は、「家族に『キトク』と電報を打って下さい」と言った。私は愕然とした。宿の人が電報を打ちに走った。私と照代さんは、湯に浸したタオルで彼の足を夢中でマッサージした。足は少し温かくなってきたように思えた。ところが、彼の枕元にいた医者は言った。「残念ですが、駄目です。」そして時計を見て、「一二時四〇分」と言って頭を下げた。一九六二年八月一日一二時四〇分だった。気がつくと、日本赤十字福島病院の医者二人と看護婦一人が来ていた。

私は茫然とし、信じられなかった。ついさっきまで自分の命を少しも疑っていなかった、こんなに若く、こんなに頑健な体から、いつ生命が抜けていったのか。人間の命はこんなに脆《もろ》かったのか……。そうと知っていれば、しなければならないことがもっと、もっとあったのに！　私はこの瞬間まで、この結末を想像もしていなかったのである。

私は彼のリュックの中から見つけた新しい下着に着せ替えた。そして、遺体を乗せた担架を四人で持って、自動車が待つ所まで山道を黙々と運んだ。何回も休まなければならないほど重かった。腕が抜けるような重みを感じながら、生きて帰せなかった悔いを噛みしめていた。

何はともあれ、御両親に手紙を早急に書かなければならなかった。お悔やみとともに詳しい報告を夢中で書き、その下書きを自分のための記録として残したので、それに依って書いている。彼のお父さんからのお礼の手紙に続いて、私の手紙に対する長い返事が彼のお母さんから来た。

「長い長いお便り、何回も何回もくりかえし拝見させて頂きました。……私たちの一番知りたかったあの子の最後の様子、よくぞお知らせ下さいました。若い命を見知らぬ土地で果たしたふびんな子ではございましたが、皆々様の暖かいお心をどんなにか喜んで死んで行ったことでございましょう。」（八月一七日付）

「御手紙……涙ながらに何回も何回も読ませて頂きました。そしてすぐに仏前の写真の前にお供えいたしました。……夕方主人が帰りまして……お供えしてある封筒を額に何回も押頂いて、ポロポロと涙を流して居りました。」（九月一〇日付）

「四日間……不在中の朝夕刊の中から……お便りを主人が見つけました。『アッ、金子様からや』と主人が申しました。私は荷物もほっぽり出して玄関につっ立ったまま何回も何回も読ませて頂きました。……お便りを頂きます度に、あの子が生きて帰って来る様に思われてなりません。……良造もこんないい方に世話になって死んだのやから、幸せな奴やったと言って、主人も涙を流していました。夜、お布団の中に入ってからも、また何回も何回も読ませて頂き、すっかり枕をぬらせてしまいました。良造、良造と心の中で名前を呼びました。」（一〇月一八日受取）

「貴方様のお手紙には、一度だってあきらめというお言葉は見あたりませんでした。うれしゅうございました。……どこか遠くに良造が生きているような、そして帰ってくるような気持がいたしました。ほんとうにうれしゅうございました。」（翌一九六三年一月七日付）

いま読んでも胸が震える手紙だった。ここには書けないが、実際にはもっと頻繁で、しかも毎回、便せんで一〇枚近い手紙だった。半ば息子に書いているような気持ちだったのではないか？　大学関係者に対する不満が抑えきれずにちらっと書かれていることもあったが、非常に自制心のある人たちだった。お互いの家を訪問しあったこともある。

文通は何十年間も途絶えることがなく、ご両親がどちらも亡くなるまで続いた。とくに田中君の命日に文通が遅れたことは一度もなかった。

第11章　桃山学院大学就職——教師への転身

翌年の昭和三八年（一九六三年）、私は桃山学院大学経済学部に講師（常勤）として採用され、それを機に友人の妹、上村洋子と結婚した。

私が高校三年生になって左翼活動に参加し始めたころに噂で聞いた彼女の長兄、上村義明さんは私より二歳年上であるが、学徒動員による疲労のせいで結核を患って療養所に三年間入った後に、「中央高等学校」に復学したので、高校生としては一年遅れの私と同学年だった。昔の女学校から男女共学になったばかりの「中央高等学校」で大多数の女子生徒に混じって通学し、家庭科クラブに入って料理をしていたという。その頃、九州大学の数学科教授から数学の天才だと言われていたと、高校の同級生だった佐伯君（第七章参照）から後に聞いた。高校で共産党活動（ビラ配り、または勧誘か？）をして退学処分となり、東京で受け入れてくれた高校に入り、東大に進学した。東大大学院修士課程を経て二年間ほど三菱原子力研究所に勤務した後、友人に誘われて京都産業大学教授に転身し、定年まで勤めた。

彼女たちの父親は戦後間もなく亡くなったので、遺された四人の子供を抱えた母親が一家の生活費、長兄の医療費や学資を稼ぐために、ある銀行の食堂で働いていたので他の子供たちの苦労は大きかった。次兄は働きながら夜間高校に通い、彼女は母の代わりに炊事や日々の買い物をし、中学生の時は大人たちの中に一人だけ混じって農村へ食糧調達に行った。金がないので高校の修学旅行には行けなかったし、大学にも進学できず、大倉商事という商社に就職して家計を助けた。幾らかの貯金ができた四年後に上京し、長兄が間借りしていた部屋に住み込んで、アルバイトをしながら二年間受験勉強をした。高校卒業から六年後、中央大学法学部に入学し、年下の同級生たちと一緒に図書館に籠もって司法試験の勉強をした。四年後に卒業、同級生たちはいろいろな職業を選んで羽ばたいて行ったが、彼女は思いがけず卒業と同時に私と結婚、級友たちのような弁護士になるという夢を引きずりながら専業主婦になった。昭和四〇年（一九六五年）一一月に長男の建《けん》が生まれ、昭和四六年四月、次男の伸《しん》が生まれた。

さて、桃山学院大学（桃大《ももだい》と略称されていた）は、その四年前の昭和三四年（一九五九年）にキリスト教の一派、日本聖公会（英国国教会の系統）によって、大阪市内の桃山学院高校（大阪市阿倍野区昭和町）の敷地に設立された経済学部だけの大学だった。私がこの大学に就職して八年後の昭和四六年（一九七一）、堺市に建設された登美丘学舎に移転し、経営学部と社会学部が増設された。理事長は聖公会の八代斌介《やしろひんすけ》主教、懐が大変深く、尊敬すべき大人物だったが、私の桃大在職中に惜しくも亡くなった。

なお同大学は、私が龍谷大学に転職した後、大阪府和泉市《いずみ》に移転し学部も増えた。

大学設立の当初から、イタリア共産党のグラムシやトリアッティらが唱えた構造改革論を信奉する「統一社会主義同盟」（略称＝統社同）に属する若い教師たちが多数いて、教授会（教師全員で構成していた）や大学教員組合（学長以外の教師全員で構成）をリードしていた。学生運動で活躍した人々が多く、東大出身の教師たちは戦後初めての全学連を組織して、その内外で指導的な役割を果たし、共産党内では主流派と対立した国際派で活動したが、後に脱党して統社同の結成に参加した。私は彼らと協調するだけでなく対立することも多かったが、忘れ難い関係ができることになる。

共産党を批判する点では彼らと一致していたが、マルクス主義自体に疑問を感じていた私は、彼らのグループには加わらなかったし、後に起こった大学紛争では左翼の暴力に甘い一部の教師たちと対立した。もちろん彼らも一枚岩ではなく、柔軟な考えの人もいた。共産党大阪府委員会の機関紙『大阪民主新報』（一九七〇年四月一三日）が、「共産党破壊、攻撃のために結成された統一社会主義同盟……系統の修正主義分子、反党分子」として一六人の氏名とそれぞれの以前の経歴を書き立てたが、その統社同グループの中に私も入れられていた。邪推に基づく虚偽の情報を流される被害を受けたのである。

さて、本業について言えば、私が担当した講義科目はマルクス経済学の経済原論だった。経済学部で必修だった経済原論は、マルクス経済学と近代経済学（それぞれ「マル経」、「近経」と略称されていた）の二種類があって、学生は何れかを選択しなければならなかった。今では信じ難いであろうが、あの頃は日本中の大学でマル経が圧倒的な勢いをもっていたので、マル経の経済原論を選択する学生が圧倒的に多かった。

最初の頃はマル経原論を部分的に批判しつつ講義していたが、間もなく、マルクス理論を全面的に批判するようになった。先ず各テーマについてマルクス理論をできるだけ正確かつ簡潔に説明し、次にその誤りを説明し、最後に適正な見解を私自身の考えと断って述べた。これが大学教育の正しいやり方だと思うが、「あれでは困る」というマルクス主義の教師たちの声が時々伝わってきた。マルクス理論を全面的に批判する立場でマル経原論の講義をした人は、他の大学にはいなかったと思う。

当時はマル経原論を選択する学生が圧倒的に多かった上に、私立大学の教師が担当する学生の数も国立大学に比べて非常に多かった（教員一人当たり一〇倍以上の学生がいると感じた）ので、大教室で八〇〇人前後を相手に講義することが多かった。例えば昭和四一年（一九六六年）に私が担当した「経済原論Ⅰ」＝マル経原論は二クラスあって、一時間目が八六七人、二時間目が三二六人、合計一一九三人の受講者だった。このほかに担当した諸科目（外書購読、ゼミナールなど）の受講者も合計二〇〇人位はいた。一年に二回の学期末試験で一〇〇〇人以上の答案（主要部分は論文）を読むのは苦行である。後に龍谷大学で働いた一九八〇～九〇年代には、経済原論の受講者は合計で七〇〇～八〇〇人に減った。

龍谷大学に転任してしばらく経った頃から、午前中の講義ではまず「お早う！」と声をかけたが、何百人もいると普通はみな黙っている。「おや？　言ってくれないのか？」と言うとどっと笑う。すかさずもう一度「お早う！」と言うと、今度は一斉に「お早うございます！」と言ってくれた。

その次からは直ぐに返事が返ってきた。「先生の『お早う』好きです」と答案用紙に書いてくれた学生が毎年何人かいた。

講義中は私語を許さなかった。何百人もの中にいると小声で話す者が出てくるので、その辺りを指さして「おい、そこ！」と言うと、教室の空気がピリッと緊張した。これには気力とコツが要る。若い頃は一回言うだけで九〇分の間まったく静粛だったが、後には三〜四回怒鳴《どな》ることも多くなり、学生の気風が変わったのか、私の気力も衰えたかと思った頃に定年退職となった。

私学では、学生募集から就職の世話まで、講義や研究以外の仕事が非常に多い。研究時間をどのように確保するか、何時も悩んでいた。通勤電車の中での読み書きが習慣になり、論文原稿の下書きや校正も電車の中で行うことが習慣になった。

第12章　建国記念日制定にかんする公述人体験と後悔

桃山学院大学に勤めて三年ほど経った頃、「建国記念の日にかんする公聴会」が国内四ヵ所（1北海道・東北地区、2関東地区、3中部・近畿地区、4中国・四国・九州地区）で開かれることになり、各会場ごとに一〇人、合計四〇人の公述人の募集が行われた。左翼勢力は、占領軍の命令によって廃止された二月一一日の紀元節の復活を警戒していて、桃大教員組合も、皆が紀元節復活反対の意見書を書いて公述人に応募しようと組合大会で決議したので、私はその決定に従って意見書を書いた。どうせ採用されはしないだろうと軽い気持ちで郵送したら、意外なことに中部・近畿地区の公述人に選ばれたという通知が来たのである。「何で私が？」と電話で当局の係員に尋ねると、「上手く書けていたから」という通り一遍の返事。実は、教員組合の決定に従ったのは私だけだった。この方針を提案して熱弁を振るった組合委員長のO氏、それに同調して、意見書を書く重要性を説いた日本史専門のY氏が当然公述人に選ばれると思っていたのに、彼ら自身は何も書かなかったのである。騙されて梯子を登ったような感じで、大変気が重かった。このように、自分は行動しないで一般の人々を嗾《けしか》ける左翼教師の習性を、この時からさんざん味わうことになるのである。

昭和四一年（一九六六年）一〇月二十四日、大阪府議会議事堂で中部・近畿地区の公聴会が開かれた。一〇人の公述人の一人である私は、「紀元節の根拠とされた日本書紀の話は歴史的事実ではないという説が歴史学の定説となっていると思う」と言った後、大要次のように述べた。

「二月一一日の紀元節は、日本書紀に書かれている神武天皇即位の話を根拠として定められたが、歴史学ではこの話は否定されている。明治憲法は、この天皇神格化と天皇主権との思想を明文化したものである。国民はこの紀元節に込められた思想で戦争に駆り立てられた。もし建国記念日を定めるとしたら、主権が天皇から国民に移った新憲法の記念日、五月三日にするべきである。」

しかし、日本史にかんする当時の学界の定説の方が間違っていたようである。そして私は、アメリカによってたたき込まれた反日の東京裁判史観にまだ囚われていたし、「新憲法」がアメリカ製であることさえ、よく理解していなかった。私が学生時代に受け取ることができた情報は、アメリカから流し込まれてきたものがほとんどだった。

占領が終わり、内外の様々な情報が公開されるようになるにしたがって、考えが変わるのは当然である。何十万もの市民を絨毯爆撃や原子爆弾で意図的に殺したアメリカや、日ソ中立条約を犯して満洲や千島列島などに侵攻し、拉致、略奪、強姦、殺戮の限りを尽くしたソ連が日本の「戦争犯罪」を裁いた東京裁判は、殺人犯が裁判官の服を着て被害者を裁いた茶番劇だったし、日本の新憲法は駐日米国大使だった故マンスフィールド氏が述べたように「メイド・イン・USA憲法」であることも、よく分かってきて、私自身は公聴会で述べた意見は間違っていると思うようになった。

ところが、この公聴会における私の発言が、四〇年近くたって突然木霊《こだま》してきたのである。ケネス・ルオフ『国民の天皇』（高橋紘＝監修、木村剛久・福島睦男＝訳、共同通信社、二〇〇三年）

が、この公聴会にかんして公述人四〇人のうち一二人の意見を紹介し、私の発言も次のように紹介されている。

「大学の助教授で経済学を教えている金子甫《はじめ》は、建国記念日を五月三日にするべきだと主張する。三十三歳の金子はいろいろな意見があるが、二月十一日はいちばんふさわしくないと強調した。『二月十一日は国民にとっては中国や南方諸国への侵略戦争にかり立てられたことを記念する屈辱の日であります』。……金子は思い出してみれば、明治体制の下では国民は『臣民』以外の何ものでもなかったと述べ、天皇神話に疑問を投げかけた津田左右吉などの学者に対する思想弾圧には、嫌悪感を覚えたという。……彼は子供のころ、『天皇の命ずることは、どんなことでも従え、そのために喜んで死ね、死ぬときには「天皇陛下、万歳」と叫んで死ね、そういうふうに教えられた』と自分の不愉快な思い出を詳しく物語った。」（二四五―六頁）

桃大のKさんから教えられてこれを読んだ時、亡霊に遭って冷や汗が出るような気持ちだった。ルオフは日本の戦後六〇年間の「社会的発展」を、東京裁判と米国製の「日本国憲法」が定着する課程として描き、その「産物」として「大衆天皇制」（三四六頁）が実現していると言うが、それは最初の頃のことで、その後の世界の潮流は変り、アメリカ軍が日本に築きあげた情報と教育の壁に出来たひび割れからさまざまな情報が入ってきて、東京裁判のまやかしや、「日本国憲法」が米国製であることも知れ渡り、私の考えは変わった。日本の世論も変わった。ルオフの『国民の天皇』が出版された時よりも遥《はる》か以前にである。ルオフが引用している他の人々も、東京裁判と米国製憲法について、考えが変わったのではないか？

連合国軍最高司令官として東京裁判の挙行を命令したマッカーサー元帥自身が考えを変え、「彼ら〔日本〕が戦争に飛び込んでいった動機は、大部分が安全保障の必要に迫られてのことだった」と、一九五一年五月三日、米国議会上院の軍事外交合同委員会で証言しているのである（小堀桂一郎＝編『東京裁判　日本の弁明』講談社学術文庫、五六五頁参照）。マッカーサーの命令によって開かれた法廷において昭和二三年（一九四八年）一一月一二日に宣告された判決で、死亡または精神異常によって免訴になった三名を除く被告二五名全員が有罪とされ、そのうち東条英機元首相ら七名が同年一二月二三日に処刑されてから僅か二年四～六ヵ月後のことだった。

もちろん、この七名は甦らなかったが、マッカーサーから新憲法＝「日本国憲法」を与えられ護持させられてきた日本国民の魂は甦るであろう。

第13章　初心の復元力

懸命に共産党活動をしている時でも、私の胸の中ではソ連軍占領下の地獄の思い出が噴火寸前のマグマのように流動していた。時々その思い出を話そうとしたが、その度に唇が震え、頭に血が上って話せなくなるのだった。だから、ソ連共産党第二〇回大会（一九五六年二月）における秘密報告でフルシチョフ第一書記が行ったスターリン批判やハンガリー動乱（一九五六年一〇月〜一二月）などが発生し、また日本共産党の高級幹部たちの権力闘争や不品行を知ると、冷水を浴びたように熱狂が消え、初心に返ってマルクス理論の再検討を始めることになった。

もし共産党が権力を獲得していたら、それでは済まなかっただろう。私は粛清されるか、または野坂参三氏（元日本共産党中央委員会議長、故人）たちのように、同志や友人を共産党政府の政治警察に告発して生きのびるか、何れかを選択しなければならなかったであろう。

スターリン批判から一〇年近く経つと、ソ連の反体制知識人たちが書いた出版物などによってソ連にかんする真実の情報もだんだんと伝わってきたが、まだ圧倒的な権威を持ち続けていた朝日新聞、ＮＨＫ、岩波書店などをつうじて流布されてきたソ連情報や知識に比べれば微々たるもので、人々の考えを変えるほどではなかった。しかしソ連軍の占領を経験した私の場合は違っていた。

ソ連の強制収容所における囚人の生活を淡々と描いたソルジェニツィンの『イワン・デニソビッ

チの一日』(江川卓訳、毎日新聞社、昭和三八年＝一九六三年三月)を読んだ時、ソ連の真実をありのままに描いた小説が初めてソ連の中から出てきたと直感し、衝撃を受けた。ここに書かれていたことは、私の共産主義体験に符合するだけでなく、マルクスが描くような共産主義を実現すれば、レーニンとスターリンが築いたソ連のようにしかならないであろうという私の推論が正しいことを示していた。その後もソ連の反体制派知識人たちの論説や著作の邦訳出版が増えてきて、ソ連や共産主義についての私の考えははっきりとした姿を取り始めた。

粛清の嵐が吹き荒れた時、ソ連の人々は毎晩、深夜にコツコツと階段を上がる靴の音を、息を殺して聞いたという。その音が止まった所でドアが叩かれ逮捕が始まる。私も満洲で同じような経験をしたのである。ただし白昼、どの家も戸を堅く閉めて静まりかえり、息をひそめて靴音を聞いた。ソ連兵が二、三人で組んで歩いてくる。何処で靴の音が止まるか？止まった所で戸を叩くものすごい音がした後、略奪、暴行、強姦が始まった。

ソ連政府がチェチェン人やクリミアのタタール人などの少数民族を遠い僻地へ追放した時、その通告は僅か数時間前だったということも私の体験と同じであった。行先が遠いか近いかの違いは大きいとは言え、四時間以内に住宅を立ち退けと突然命じられたのは同じだったから、私は、反体制のソ連人たちが危険を冒して書いていることは真実だと確信した。それが正しかったことは、その後に明らかになったいろいろな事実で証明されている。しかし日本の大学教師たちや進歩的知識人たちは、それが真実だという証拠は何もないとか、負の側面だけを過度に強調しているとか言う人が多かった。私のソ連批判は右翼反動のデマゴギーだとしばしば言われた。

私の思想転換は、アメリカの対ソ連政策の転換よりは遅かったし、アメリカによって植え付けられた東京裁判史観は根強かった。しかし、私が共産主義の立場に移ったのは、共産主義と戦っていた日本を犯罪国家として描いた東京裁判を信じたからであるから、ソ連の共産主義こそが現実の人間を抑圧し、抹殺する最悪の制度であるならば、そのソ連と結託して、共産主義に対する最強の防波堤だった日本を叩き潰したアメリカは間違っていたのであり、米ソが日本を裁いた東京裁判は倒錯の茶番劇だったということになる。日ソ中立条約を犯し侵略してきて略奪、暴行、強姦の限りを尽くしたソ連や、計画的に何十万人もの一般市民を殺す絨毯爆撃と原爆投下をしたアメリカこそが戦争犯罪国家だったのである。私が心ならずも公述人になったのは、このような結論に達する直前だった。

東京裁判の実施を命令したマッカーサー元帥自身が、韓国を侵略してきた共産軍との戦いによって考えを変え、日本が戦争に立ち上がったのは自衛のためで、東京裁判は間違っていた、と言っている。マッカーサーが一九五一年五月三日、米国議会上院の軍事外交合同委員会における証言で、「彼ら〔日本〕が戦争に飛び込んでいった動機は、大部分が安全保障の必要に迫られてのことだったのです」と言ったことはすでに述べたが、それだけでなく彼は、「太平洋において米国が過去百年間に犯した最大の政治的過ちは共産主義者を中国において強大にさせたことだと私は考える」(同右書、小堀編『東京裁判』五六二頁参照)とも言っている。戦前の日本が共産主義の脅威をいち早く察知して、その勢力拡大を阻止するために全力を挙げていたことの正当性を、事実上認めたのである。

実はマッカーサー証言の前年の一九五〇年冬、元国務省政策企画室長（一九四七〜四九年）のジョージ・F・ケナンが、シカゴ大学における講演で次のように述べていた。

「中国全土からも、満洲および朝鮮からも……日本を駆逐した結果……われわれは、ほとんど半世紀にわたって……日本が直面しかつ担ってきた問題と責任とを引き継いだのである。……われわれが大いに軽蔑した重荷を、いま自ら負う羽目になり苦しんでいるのは、たしかに意地悪い天の配剤である。」（『アメリカ外交五〇年』近藤晋一その他訳、岩波現代文庫、七七頁）

中国戦線米軍総司令官だったA・C・ウェデマイヤー将軍も、アメリカが日本を倒したことに助けられて、ソ連は多数の人々を奴隷化したという考えを次のように書いている。「英米の指導者が、……ドイツと日本を軍事的に撃破することによって、新しく、さらに危険な敵を育てあげる結果となってしまった。」（『第二次大戦に勝者なし』妹尾作太男《せのおさだお》訳、講談社学術文庫、上、一六四頁）「われわれが〈解放〉した以上に、多数の人びとを奴隷化した国家の出現を確実にした。」（同右書、上、一九〇—一頁）

ルオフ『国民の天皇』は「戦争責任」にかんして、「昭和天皇がこの時期にかなりの役割を果たしたという証拠は増える一方である」（一八五頁）と言って、「こんどの戦争は、日本に天皇制があったればこそ起きた」（一九二頁、高倉テル「天皇制並びに皇室の問題」『中央公論』一九四六年八月号より）という作家の高倉テル（当時、共産党議員）の発言を引用している。しかし、戦争責任は日本にだけあるという、連合国軍最高司令官として日本を占領したマッカーサーさえも後に否定した見解を前提した発言である。ルオフが依拠しているのは、大多数の日本人の考えとは反対の、共産主義者の主張なのである。

東京裁判は、戦争の勝者が敗者を裁き、日ソ中立条約を犯して満洲や日本領土（千島列島や南樺太）を侵略し併合したソ連さえも裁判官の席に座った茶番劇だった。私がその呪縛から遅まきながら解放されたことは、現実を逆さまに描くマルクス理論の呪縛からの解放を一そう確実にした。日本を占領して絶対権力を振るった米軍によって、日本は極悪非道な国家だと信じ込まされたことが、日本の国柄や市場経済＝資本主義を全面的に否定するマルクス理論を受け入れさせたのであるが、それを揺り戻す復元作用が生じたのである。

第14章　マルクス経済学の全面的批判の開始

私がマルクス経済学を全面的に批判する論文を書き出したのは昭和四一年（一九六六年）一〇月の公聴会から三年後の昭和四四年（一九六九年）頃からだった。それはマルクスの生産概念が、間違った人間観、他の動物に比べた人間の特性の誤解から生じた間違った社会概念に基づいているという考えに至った時からである。

マルクスの考えでは、人間の労働だけが「合目的活動」であり、「労働手段の使用と創造」も行うから、生産活動という性質をもつ。しかし「合目的労働」も「労働手段の使用と創造」も人間労働の特性ではない。人間以外の動物も、それぞれの目的に合うように活動し、それぞれに適した労働手段を作って使うし、血縁的な群れの中で協業し、分業もしている。人間の労働の特性は、血縁で結ばれる群れ（家族や氏族）の中で分業しているだけでなく、群れと群れとの間でも、商品交換をつうじて分業しているということである。現生人類（いま地上に生きている人類）は、この特性とともに形成され（発生し）、この特性によって存続できたのではないか？　さまざまな種類の原人や旧人が発生したが、この地上に生き残ることが出来なかったのは、群れと群れとの分業がなかった、または十分に発展していなかったせいではないだろうか？

異なる群れ（家族、氏族）に属する人々が、商品交換関係をつうじて、共通の外的自然に対して働きかけるために協力しあっている集合が、人間に特有の社会であり、その社会的関係の核心は交換関係である。そして人が有用物を作ることは、その有用物がその人の家族の中で消費されないで社会に商品として供給された場合にのみ、その社会において有用物の創造という意味を持つ。これが生産と呼ばれている事柄であろう。

また、商品交換関係という形で社会を構成している諸家族の相互的独立が、その社会における諸個人の人格の独立、人間的自由として現れる。人は自分の家族の中では相手を選ぶ自由がないし、相手との関係の仕方（親子関係、兄弟・姉妹の関係、仕付けなど）を選ぶ自由もないが、社会ではそれらの自由がある。独立の所有権としての相互関係に基づく商品交換が行われるのは、家の中ではなく、異なる諸家族の間である。商品交換を廃止する共産主義は、社会で独立の諸家族を成しつつ分業しあっている人間特有の生き方を禁止し、人間的自由を根絶する制度である。

アダム・スミスは人間労働の特性と人間社会の性質を、二四〇年余りも前に『国富論』（一七七六年）で次のように指摘しているのに、その後の学者たちによって無視または軽視されてきたことは驚きである。

「分業は……人間の本性に属する一定の性向、すなわちある物を他の物と取引し……交換しようとする性向の……必然的な結果である。〔以下別行〕……それはすべての人間に共通で、しかも他のどんな種類の動物にも見いだされない。」（*The Wealth of Nations*, Modern Library Edition, p.13. 大内兵衛・松川七郎訳『諸国民の富』岩波文庫①一一六頁。ただし拙訳）

ここでスミスが「分業」と言っているのは「交換」によって媒介される諸家族間の分業である。「このように、あらゆる人が交換によって生活し、……社会自体は当然、商業社会というものになる。」(Ibid. p.22, ①一三三頁)

このようにスミスが言った時から一〇〇年近く経った後、マルクス(主著『資本論』第一巻、一八六七年)は、原始時代の人類は家族や氏族のような血縁共同体を成して生活していて、その原始共同体は完全に自給自足をしていたが、生産力の発展によって生産物の余剰が発生するようになったので、それを商品として交換するようになったという考えに基づいて経済学体系を構成した。しかし、先ほど述べたように、現生人類は、以前の原人や旧人と違って、群れの中だけでなく群れと群れとの間でも、商品交換をつうじて分業するという特性によって、原始時代の荒々しい地上で生き残ることができたのではないか? 未開の原始時代だからこそ現生人類は、自給自足するよりもはるかに多種多量の有用物を同じ労働時間で獲得できる、という交換の利益を鋭く感知したと思える。

生産概念は、このように商品交換関係によって結ばれた社会で成立し、その社会においてのみ通用するものであって、社会に商品として供給するために作られた物だけが生産物と認識される。しかしマルクスは『資本論』第一巻で、人間の労働は商品交換の有無にかかわりなく生産活動であると考え、しかも「生理学的な意味での人間労働力の支出」=「抽象的人間労働」が商品価値を形成すると主張した。そのような労働価値説を証明するために、マルクスは、小麦一クォーターと鉄aツェントナーとが交換され、したがって「**小麦1クォーターの価値 = 鉄aツェントナーの価値**」

であることを、価値を無視した「小麦1クォーター＝鉄aツェントナー」という似非《えせ》方程式で表現して、この式が成り立つのは両者に同量の人間労働が含まれているからだと強弁した。しかし、小麦の価値と鉄の価値が等しくても、小麦と鉄とは決して等しくはない。

このような商品価値論から始まり労働者階級窮乏化論に到るまでのマルクスの資本主義分析は、終始一貫、唯物弁証法と呼ばれる独特の詭弁法によって構成され、それに基づいてマルクスは、『ゴータ綱領批判』（マルクスの死後、エンゲルスによって出版された）で、「賃金労働制度（つまり資本主義）は一つの奴隷制度であり、しかも……労働の社会的生産力が発展するのと同じ程度にますます苛酷になる奴隷制度である」と主張し、資本主義社会から共産主義社会への革命的転化は必然で、「その過渡期の国家はプロレタリアートの革命的独裁以外の何物でもありえない」と主張した。資本主義社会を共産主義社会に変えるための「プロレタリアートの革命的独裁」とは、共産党独裁以外ではありえないし、共産党独裁によってのみ作られる体制は共産党独裁下でしか存続できない。

このようにマルクスは、人間の本性に従って自然に発生し発展してきた市場経済と資本主義を革命的＝暴力的に廃止し、暴力的に維持・統治する体制に変革しなければならないという結論に導くような詭弁を駆使している。実際には、一般国民を共産党独裁下に置くことこそが全般的奴隷制であり、人類史上最大人数、最悪の犠牲者をソ連と共産中国で発生させたのである。

レーニンと対立した自由主義者、ストルーベは、すでに一八九四年に出版した著書『ロシアの経済的発展の問題に関する批判的覚え書き』で、「ロシア住民大衆の貧しさは資本主義発展の結果であるよりも、はるかに自然経済の歴史的遺産によるものだ」（鈴木肇著『ロシア自由主義』東京家政学院筑波短期大学発行、一九九五年、六三頁より引用）――つまり資本主義の発展が遅れているせいだ――と、実に的確な主張をしている。以上のようなことを明らかにするために私が書いてきた見解の概要を、もう少し詳しく本書の巻末で述べておく。

現実がマルクスの理論と反対の結果になったのは、マルクスが唯物弁証法と呼ばれる倒錯論法＝詭弁法によって、現実を逆さまに描いているからである。しかし、明らかに間違っている論理を深淵な論理であるかのように思わせる唯物弁証法の手品に、世界中の多数の知識人が魅了されて、人類を救うと信じて麻薬の思想を流してきた。

第15章　教授昇任審査——審査委員たちは私の論文を非難した

日本の知識界では、ソ連が崩壊するまで、マルクス経済学や唯物史観は科学的真理であり、社会科学そのものであるという迷信が風靡《ふうび》していたから、マルクスを全面的に批判することは非学問的な政治的プロパガンダだと思う大学教師が多かった。私自身も、桃山学院大学に採用された時はマルクスを正面から全面的には批判していなかった。だから大学の教師になれたのかもしれない。

私の教授昇任の是非を審議した桃山学院大学教授会（一九七五年三月一八日）でも、私の業績（学術論文）の審査報告をした三人の教師のうち二人が、「何でこんなことを書くのか分からない。それよりも、初めから近経（近代経済学）をやった〔勉強した〕方が良かった」と言ったそうである。審査される当人は教授会から退席する決まりであるが、他の教授が教えてくれた。

二人の審査員が私に対して悪意を持っていたとは思えないから、社会科学にかんする「絶対的真理」であるマルクス理論を批判することは不遜な、または荒唐無稽な愚行だと思ったのであろう。しかし私の諸論文は、マルクスの理論体系が弁証法という名の詭弁術によって構成されていることを明らかにする試みなのであるし、私は当時の近代経済学者に崇められていたケインズやシュンペーターにも批判的で、後の拙著の中で彼らを批判している。私の論文を批判するのであれば、論証方法の何処に問題があるのかを指摘してほしかったが、この人たちから冷静な学問的批判を受けたことがない。当時の日本の諸大学では、反共は反動であり、歴史の進歩に逆らっているという通念がまだ支配していたから、マルクス批判者を批判する場合はその根拠を説明する手間をかけず、気楽に批判する、つまり非難するのが普通だったと思う。

ともかく私の教授昇任は、審査委員三人のうち二人によって否定的な審査報告をされたにも拘わらず、無記名投票によって承認された。賛成三四、反対一、白票二だったと教えられた。私の論文に納得する人もいたせいか、論文ではなく教授会での発言が評価されたのか、論文の数が比較的に多かったせいか、理由は分からない。

同僚たちの気楽な団欒《だんらん》の時、ある人から「Mさんの審査報告は厳し過ぎたぜ」と言われたMさんは、「俺はどう報告していいか、苦労したんだぜ。しかしIさん〔もう一人の審査委員〕みたいに『学問をやり直せ』とは言わなかったぜ」と言った。「Mさんは正直だからな。まことにご苦労をお掛けしました」と私は言った。

Mさんはマルクス批判や自由主義論を許せない厳格なマルクス主義者（ただし共産党員ではなかった）で、一九八三年九月一日未明にソ連領のサハリン沖で大韓航空機が領空を侵犯して撃墜され、乗員乗客二六九人が死亡した時でも、同機はスパイ機だというソ連政府の発表の方を信じていたが、彼の論文はマルクス理論を前提とする限りにおいては比較的に筋が通っていて分かり易いもので、彼が桃大に採用された時に私が担当した審査報告でも、「この見解に同意するわけではないが、マルクス理論を前提にすれば優れた論文だと思う」と強調した。気立てはさっぱりとした人で、極左派の暴力を排除することに反対する教師たちに対抗する点では協力しあっていた。

もう一人の審査委員のIさんはその場にいなかったが、やはり正直な人で、極左派には批判的だったが、教授会では表立った発言をしない人だった。彼の審査報告も私個人に対する悪意によるものではないと思う。マルクス批判を学問とは見なさなかったのであろう。

一人だけ私の論文を好意的に評価する審査報告をした柳田侃《ただし》さん（国際経済論の教授）は私より五歳年上のマルクス経済学者で、統一社会主義同盟のメンバーでもあったが、マルクス経済学者には大変珍しくマルクス批判にも寛容で、論文の内容が論理的に一貫しているか否かを公平に評価する柔軟な学問的頭脳を持っていた。団欒に加わっていた彼は、戦前からのマルクス主義者として名が知られていた勝部元《はじめ》教授に、「あの審査報告でぼくは『マルクスの弁証法は全体主義に通ずる』と言いましたが、どう思いましたか？」と聞いたので、勝部さんは困ったように「ウフーン」と唸《うな》った後、「二人があのような報告をしても反対票が少なかったんだから、金子君の人徳だぜ。」と私を慰めるように言った。育ちがいい感じで寛容な心を持つ彼は、私がマルクス批判者であることを承知の上で親しく付き合ってくれ、しばしば贔屓《ひいき》のバーに連れて行かれた。懐かしい思い出である。

桃大のマルクス主義者たちの性格も意見もいろいろと多様だった。そうでありえたのは、日本が自由な社会だったからである——彼ら自身はそう思っていなかったであろうが。

第16章　大学紛争——左翼暴力を放任する大学で

共産主義思想と完全に決別していなかった時でも、私は思想と言論の自由は断固として守らなければならないという信念を持っていた。それはマルクスのプロレタリアート独裁論とはまったく矛盾していて、大学紛争が始まるや否やこの思想的矛盾をはっきりと悟らされた。昭和四十三年（一九六八年）、東大全共闘（全学共闘会議の略称）と称する学生組織が大学改革のための「七項目要求」を大学当局に突きつけたことで始まった大学紛争が、その後全国に広がって行くことになった。しかも、その「七項目要求」が実際上受け入れられると、彼らは、目指しているのは大学改革ではなく「革命」「党建設」だと言い出して大学を占拠し、研究資料を破壊し、それを喜ぶ左翼知識人たちの座談会が週刊誌『エコノミスト』（一九六九年二月四日号、毎日新聞社刊）に掲載された。

私は統社同の人々が作り寄稿していた月刊誌『現代の理論』（一九六九年三月号）に、「東大全共闘の諸君は何を目的として闘ったのか」と題する論説を載せてもらい、「発言の自由（または発言しない自由）、行動の自由を奪ったり、相手の心や体を傷つけるような追及を、集団の圧力によって行うやり方」（一〇二頁）で「相手の人間的尊厳をおかす」（一〇二頁）彼らの思想を次のように批判した。

「反スターリン主義をスローガンとして立ちあがった諸君が、実は共産党の右翼スターリン主義に対して左翼スターリン主義者として対立しているだけなのではないかと疑わせられる徴候があまりにも多く出て来た……」（一〇四頁）「これまでのマルクス主義政党は、スターリン主義政党という形でのみ残りえたことをどう見るか？……マルクス主義こそが問われているのが現代の特徴であろう。」（一〇五頁）「大学闘争において、知的退廃が露呈したといわれている。……しかし、最も退廃しているものは、全共闘の諸君も（また私も）共有する〝マルクス主義的〟知性であるということもまた露呈したのではないか？」（一〇六頁）

この投稿は、統社同に属していた教師たちの中でとりわけ親しかった木村勝造さんが、東大在学中の共産党仲間で親友でもあった安藤仁兵衛氏（同誌発行者）に話を付けてくれて掲載されたのであった。

その頃から私は、マルクス経済学を全面的に批判する論文を桃大の紀要『経済学論集』（季刊誌）に発表し始めていたが、桃大でも大学紛争が始まり、教育も研究も十分にできない苦難の日々が何年も続くことになる。ごく少数の学生が「封鎖」と称して教室や研究室を数週間ないし数ヵ月間占拠する事態が頻発し、教授会が学外で行われたり、長時間の「大衆団交」がしばしば行われた。ときには教師全員が壇上に座らされ、徹夜で責め立てられることもあった。

昭和四五年（一九七〇年）から四七年（七二年）にかけては、新左翼過激派の学生が他の学生や教師に対して暴行を加える事件がしばしば起こった。昭和四五年（一九七〇年）九月一九日、木村勝造さん（当時、英語担当の助教授）が他人の権利を無視する過激派の主張を冷静に批判した後、赤軍派を名乗る学生から片目を拳骨で直撃され、失明の恐怖が続いた。周辺から「殺すぞ！」という声が聞こえたという。当時の大学の中は私の知る限りこのような雰囲気だったのである。希有な勇気を持って何時も正論を堂々と説いていた彼は、その時の教授会の態度に失望して桃山学院大学を去っていった。

私は事件が起こる度に、暴力に対して断固たる態度をとるべきだと教授会で主張した。同じ気持ちの人々もいたと思うが、残念ながら同様な発言が続かなかった。統社同グループや教授会で主導的だったO氏（英語担当）から、「鉄条網を張り検問をするような恥さらしな後始末をする覚悟がある者だけが言ってくれ。警察を入れるような恥さらしなことをやって、学生に顔向けできるのか？　私なら教師を辞める」と巧みな詭弁で恫喝されると、当然その様な「覚悟」をしていない教師たちはたじろぎ、私と同じ意見を言い難い雰囲気になるのだった。本当は暴力を放置することの方が「恥さらし」であり、「学生に顔向け」できないはずである。しかも、学生や大学を守るために必要な場合に「鉄条網を張り検問をする」のは教師ではなく、警察や警備員であるから、この脅しには二重の嘘があった。

しかし、当時の知識人たち、とくに大学の教師たちの間には、警察権力の導入は学問の自由を保障する大学の自治を放棄することであるという考えが支配的だった。私がいた桃山学院大学の教授会は、暴力をたしなめる声明を出すことを決定しただけだったし、その声明を書いた紙は左翼学生たちによって直ぐに剝ぎ取られ、そのままになった。

教授たちが左翼の暴力に対して断固として対決する気にならなかったのは、自由主義国家は国民の生命、安全、自由を守る砦であるという真実とは反対に、国家権力、警察こそが敵であって、大学は国家権力に対する反体制の拠点であるべきだという思想が、当時の知識人たち、特に大学の中で広がっていたせいであろう。もともと日本の知識人の多くは、占領軍のCI&E（民間情報教育局）が実施した「ウォー・ギルト・インフォメーション・プログラム」によって、かつての私のように、日本の国家はアジア諸国を侵略して残虐行為を続け、諸国民を悲惨な状況に陥れた戦争犯罪国家であるという罪悪感を刷り込まれているから、次のようなレーニン『国家と革命』（一九一八年）の思想をほとんど抵抗することなく受け入れていた。

「マルクスによれば、国家は階級支配の機関であり、一階級が他の階級を抑圧する機関であり、階級の衝突を緩和させながら、この抑圧を法律化し強固なものにする『秩序』を創出することである。」（大月書店版『レーニン全集』第二五巻、四一八頁。傍点は訳書のとおり）

「被抑圧階級の解放は、暴力革命なしには不可能なばかりでなく、さらに、支配階級によってつくりだされ、この『疎外』を体現している国家権力機関を破壊することなしには不可能である」（同右書、四一九頁）。

この思想に呪縛されると、左翼過激派の学生たちは、彼らが暴力を加える相手を間違えたとしても、国家権力という共通の敵と闘う味方に変わりはないと考えてしまうのである。

第17章　私を狙った左翼暴力集団——人違いの教授が襲われて負傷

　私は、左翼学生の暴力を断固として排除することに反対する教師や知識人たちへの怒りを込めて、「マルクス主義と人間の尊厳——全共闘運動として顕現した思想への批判」（上、『現代の理論』昭和四五年＝一九七〇年一二月、下、昭和四六年＝一九七一年一月）と題した拙文を書き、『現代の理論』編集長の安東仁兵衛氏にもう一度お願いして同誌に掲載してもらった。それから半世紀近く経って、全共闘運動を懐かしむような論説や新聞記事を見ることがあるが、全共闘の真相を知ってもらうためにも、その拙文（上）を紹介したい。

　その拙文は東大全共闘議長（当時）の論説を批判することから始めている。

「『封鎖』によって表明された思想……の卑劣さは、他の研究者が自分自身の信念に従って研究する権利を蹂りんしながら、『ぼくも、自己否定に自己否定を重ねて最後にただの人間——自覚した人間になって、その後あらためてやはり一物理学徒として生きてゆきたいと思う』（山本義隆「攻撃的知性の復権」『朝日ジャーナル』昭和四四年＝一九六九年三月二日号、二三ページ）と述べていることに端的に現われている。彼らのために、どれだけ多くの人が傷つき倒れたことか。私自身がよく知っている大学でも、ある助教授が一左翼セクトのテロに倒れた。彼は、自分が真実だと信じたことを主張し、また相手の主張が人々の権利を無視しているという見解を冷静に述べた後で、片目を正確に直撃された。……長い間失明の恐怖にさいなまれつつ過した彼の苦痛、彼の家族の恐怖を、私は正視に堪えぬ思いで見た。……〔別行〕彼らが言う『自己否定』とは、否定する立場にある自分を絶対的に肯定していることについての自己欺瞞であり、……何をどの程度に否定するか……について判定する権利を独占しているという思い上りであり、実際には絶対的な他人否定である。だから、山本義隆氏のように、自分だけは『自覚した人間になって……物理学徒として生きて』ゆく権利があるというような考えが出てくる……。また……『自己否定』『日常性の否定』を叫んで他人の卒業と就職とを妨害した者が、自分だけは『独占企業の中で闘う』とか『医者として闘う』とか称して就職しようとしている。これを『さもしい』と言われたばあい、彼らはどう答えるつもりか？」（一〇七頁）

「**『民青』なら殺してもいいのか**〔中見出し〕全共闘……新左翼の諸派が『民青を殺せ』と叫び、書いている……。東大全共闘の角材には『民青の血が吸いたい』と書いてあったという。京大の反代々木諸派は、昨年二月十四日の夜、……『民青を殺せ』と学内放送で叫び、『真夜中に学内の変電所を襲って代々木系の学生がたてこもる建物をまっ暗にしておき、そこへ投石の雨を降らせる。たいまつやガソリンをふりかけたタイヤに火をつけて投込』んだ（『朝日新聞』一九六九年二月十五日、記者座談会の発言）。記者たちは『死者が出るのではないか』と思ったという。」（一〇八頁）

「革マル派……海老原敏夫君が殺され、東京厚生年金病院の前に捨てられた事情について、警視庁捜査本部の推測……。海老原君は、八月三日、中核派の学生たちによって……法政大学六角校舎の地下室に連行された。中核派の学生たちは、『……海老原君をイスにすわらせてしばり、革マル派の内情……などについて〝尋問〟。『答え方が悪い』などと金づちや角材、コーラの空ビンなどで海老原君をメッタ打ち……気絶すると水をかけ、さらに千枚通しなどで腕やももを突刺すなど、想像を絶する激しいリンチを加え、その結果、殺害した疑い」（同右紙、昭和四五年＝一九七〇年九月二五日夕刊）がもたれている。……〔別行〕さらに、その十日後には、革マル派の二百五十人が中核の十人余を襲い、同じ……地下室で残忍な『報復リンチ』をした……。」（一〇九―一一〇頁）

「安東仁兵衛氏によれば『〝内ゲバ〟で二階から突き落され、脊髄の神経を切断されて、一生、ベッドか車椅子で暮さねばならなくなったという話……また、赤軍にからむ相互報復のなかで、ゴルフの鉄製クラブでアゴとスネをくだかれた話、あるいは女子学生に対する強姦、輪姦に至るまで、一生涯その傷の癒えぬ負傷の話を数多く聞かされている。……しかもその手口は残忍である。』（「テロ・リンチと集団暴力」『現代の理論』一九七〇年一〇月号、一四〇ページ。拙文の一一〇頁に引用）

　このような新左翼諸派の残忍な行為の中に、彼らが目指している『革命』の真の性格を見ないわけにはいかない。……彼らが国家権力をにぎったばあいに実際になすであろうことを疑問の余地なく示している。彼らが言う人間疎外の解消、すなわち人間の解放とは、現実に生きている……人間を地下室の椅子に束縛することであり、人間であることから『解放』することであるとみないわけにはいかないではないか。」（一一〇頁）

「全共闘と声を合わせて大学や『体制』を『告発』した『造反教師』と左翼知識人たちが、思想の自由、言論の自由、生存の自由を……侵している全共闘系諸派を、『告発』せず怒りもしていないということは、彼らの正体を十分に物語っている。……大学を内部から腐敗させた決定的要因は、なによりもまず全共闘諸派であり、全共闘に追従した『造反教師』だったのである。」（一一一頁）

「こうした『造反教師』たちとは違い、はじめから全共闘諸派を批判し続けてこられた梅本克己氏」（同右頁）が、「このGNPなるもののバカらしさ、……もはや我慢ならぬその臭気をぬきにして学生たちを狂人扱いにするわけにいかないのである。それから、もう一つ……。今回の事件ははじめから殺人を意図して行われたものではない……。それはあくまで内ゲバに麻痺した者たちの暴行の結果である。もしそれがはじめから殺人を意図したものなら、私はこの小論を破棄しなければならない。」（『朝日ジャーナル』一九七〇年九月六日号一〇一ページ）と言い、自分とは異なる考えを持つ者を殺すことに対する怒りが感じられず、むしろ庇っているようにさえ思える理解を示していることに呆れて、私は次のように書いた。

「殺される人にとって殺人者の『意図』が問題であろうか？『内ゲバに麻痺した者たち』の殺人ならば、その罪は軽いとでも言われるのか？」「梅本氏は、海老原君を殺した者が『右翼』か『民青』だったとしても、同じことを言われたかどうか考えてみられるがよい。そうすると、御自分の思想の恐ろしさに愕然とされはしないであろうか？」（一一二頁）

以上のような拙論を書いた時、テロに遭うかも知れないと覚悟はしていた。二、三人の同僚から賞賛されたが、その一人の柳田さん（国際経済論の教授）は、「金子さんは殴られるだろう」と言った。

それから約一年後の昭和四七年（一九七二年）二月四日昼一時半、鉄パイプを持った赤ヘル（ヘルメット）と黒ヘル、つまり複数の過激派の二〇人が教員控え室に乱入し、三人の教師を殴って全治一～三週間の怪我を負わせるという事件が起きた。一番重い怪我を負わされた山内貞男教授は、私と間違えられて鉄パイプで殴られたのだという。二歳年上で、痩せている点は私に似ているが、大変穏やかな人柄の哲学者である。柳田さんの予言がこのような形で当たってしまったのである。今から考えると、柳田さんは非常に冷静な観察眼と判断力を持つ人だった。その後も、彼の判断に救われることになる。

この時の暴漢たちは、私の講義や論文などに文句を言いながら山内教授に鉄パイプを何回か振り下ろし、途中で様子がおかしいことにハッと気が付いて「お前は誰だ？」と聞いたという。ほとんど授業に出ていないので、私の顔を覚えていなかったか、または他大学の学生だったのかも知れない。ともかく、私が教員控え室にいるという通報を受けて襲撃して来たと考えられるが、私はたまたま所用で一〇分ほど中座していたのである。私は驚いて山内さんの家に行き謝った。赤軍派と称する左翼学生から真っ先に狙われ襲撃された木村勝造さんも、このテロは「あの論文のせいだと思う」と言った。

山内さんは三週間の打撲傷だったが、「金子さん本人だったら、少なくとも六ヵ月ぐらいの重傷は負わされたでしょう」と目撃者のAさん（数学教授）から言われた。六ヵ月では済まなかっただろうと内心では思った。すると、やはり目撃したらしい教師が、「こんなに間違えるのなら、教師の名簿に写真をつけて入学生に配らな〔いと〕、あかんなあ」と、のんびりとした調子で言った。キリスト教学の教師で、どんな人も助けようとする善意しか感じられない人だったから、学生が殴る相手を間違えるようでは可哀想だと思ったのかも知れない。この人のことは後にも述べる。

大学の外でこのようなことが行われた時、人々は黙って見てはいないであろう。暴行を阻止するか、少なくとも警察に通報したはずである。ところが桃大の教師たちは何時でも惨劇を黙って見ているだけだったのである。自分も殴られはしないかと内心はらはらしながらである。左翼思想の教師が支配的で、警察を敵視していた諸大学は多かれ少なかれ同様だったのではないか？

私は教授会で、「教室での教師の言論や講義内容さえもがテロの対象となっている。暴力はこれまでとは違った段階に達した。大学の存立に関わる事態だ。十分に討議して断固とした対策を立てなければ、われわれは安心して講義することもできない。」と主張したが、今度も木村事件の時と同じような論争のあげく、暴力をたしなめる声明を貼りだす決定をしただけだった。この時に殴られた教師たちも教授会に失望し、三人とも桃大を去って行った。

大学の構内に入るとき、何時も私は「今から、思想と言論の自由が守られている市民社会を出て、左翼支配地域に入るのだ」と自分に言い聞かせ、心の準備をした。

第18章　矢面に立つ――二晩徹夜の団交

左翼過激派に対する警戒、大学職員組合（教員組合とは別組織）を牛耳る人たちの私への攻撃（陰では、職員の多くは私に好意的だった）、学生相手の大衆団交、学内に泊まり込んでの警戒、担当する委員会の仕事、教授会の準備、講義の準備、合間を縫っての論文執筆など、多忙な、ストレスの多い日々が続いたが、三人の教師たちが鉄パイプで打たれてから六年後、思いがけないことが起きた。

昭和五七年（一九七七年）一一月、一部の学生たちが教授会（経済、経営、社会の三学部合同教授会）の部屋に乱入して、彼らの傍聴、発言を認めることや、学生大衆がいる大教室の壇上で教授会を開くことなどを要求するようなことが度々あった。その場で私は直ちに反対した。「教授会を何時、何処で開くかは教授会自身が決めるべきことだ。それさえ決められない教授会では、責任のある決定ができない。学生の傍聴を認めるかどうかも、そのつど教授会が決めることです。」

様子を窺いながら妥協的な発言をする教師たちもいたが、その時の教授会は学生たちの要求を受け入れなかった。ただし、三人の学部長たちが大教室における集会の席上で教授会の方針を説明するという条件が付いたので、その三人に対する大衆団交が深夜の一二時半まで行われてしまった。学生たちは交替で発言し、部屋の出入りもしていたが、壇上に立つ三人の学部長たちは約一〇時間のあいだ休息も食事もできず、間断なく集中攻撃を浴びた。その間私は学部長を助けることも見捨てることもできず、離れた席に一人で座って見守るしかなかった。気がついたらもう一人、前に述べたキリスト教学の教師もいた（この人の住居は大学内にあった）。私がタクシーで家に帰り着いたのは午前三時過ぎだった。教授会が始まった前日の午後一時半から一五時間近く経っていた。

私は教授会で、「このような非道なやり方に従ってはならない。自分の人権と安全を守れないような大学ではまともな教育も研究もできない。誰にでも自分の人権、人間の尊厳を守る権利と義務がある。それが保障されることを確かめた上で会合に出席するべきです。」と主張し、議論の結果了承された。

ところが、部落解放研究会および文化サークル連合が、「学内の男子用便所で差別落書きが発見されたので、差別「確認会」を開催するから教授会の全員が出席せよ」と教授会に通告してきたのである。落書きの内容は、翌年一月末に学長および三学部長の名で出された「大学の全構成員に訴える」という声明によると、「昨年六月二〇日以降、一一月末までに、一三件にもおよぶ、部落差別、民族差別にかかわる落書きが〔男子用便所で〕発見された。……『朝鮮人、非人、（えた）を学内から追い出せ』『死ね　穢多、非人』（以上六月）……『狭山事件の石川青年は真犯人だ』（一一月）など、いまもなお差別に苦しむ人びとの存在をも否定しようとする、露骨かつ意図的な差別性につらぬかれているものである。」

ほとんどの教師は、この落書きに使われたような古い言葉、国語事典なしでは私が書けなかったような漢字も使って差別やテロを煽るプロのような者が学内にいるとは夢にも思っていなかったので驚いた。さらに、ある非常勤講師（元桃大教授）が、講義の中でユダヤ人の「ゲットー」を、「特殊部落」という「差別用語」で説明したという事も「確認会」の議題とされた。教授会は、部落解放同盟の指導下にあるとされていた部落解放研究会が主催する「確認会」には出席せざるをえないという雰囲気だった。虚を突かれたような感じだった。

一一月二八日午後一時半、大教室の壇上に置かれていたパイプ椅子に教師たち全員が座って「確認会」が始まった。学生たちは「教授会が団交を拒否した」と批難し、教授会を代表して学部長たちが「確認会と団交問題とは別だ」と主張すると、「確認会の運営は誰がやるんだと思うてんねん！ 関係があるかないかを決めるのは俺たちだぞ！ それともお前らは確認会に介入する気か？」と威嚇してきた。教師たちは金縛りにあったようになって、意見を言えなくなった。

「確認会」はこのような会合だった。当時の桃山学院大学の教師たちに対しては最も効果的だったように思える。三人の学部長はしばしば休憩や中断を要請したが、時間を決めるのも彼らの権限だとして、夜八時頃から三〇分間ほど食事時間を与えられた以外は、翌朝六時まで眠ることも休憩することも許されなかった。私たちは完全に彼らの言いなりだった。

教授会が団交を拒否したという批難に対して私は、「拒否したのではない、いかなる行為にも当然の前提となる条件を確かめたかっただけだ。先日、学部長たちは諸君との交渉が夜中の一二時半まで続いて体力の限界を感じたというので、そのようなことはもう繰り返してはならないと思ったからだ。誰にも自分の人権を守る権利はあるはずだ」と言うと、彼らはますますいきり立った。「学部長たちはあの日、『しんどい』とも『帰らせてくれ』とも言わなかったやんけ。それに、時間を長引かせたのはお前たちが要求を拒否したからや。お前たちの責任だぞ。それを学生のせいにするんか！　自己批判しろ！」

やくざのような屁理屈だと思ったが、私は冷静に反論し続けて夜中になった。「金子！　お前の言うた一二時半やぞ！　どう思うとるねん？」と言われたので、「体力の限界を感じている。」と答えると部落解放研究会の連中は爆笑し、「救急車で帰ったらどうや」「帰るなら救急車で帰れ」と口々に喚《わめ》いた。

その後、一人一人の教員が、教授会の合意に基づく学部長の見解に賛成か否かを問われたが、この時はほとんどの人が学部長に賛成して自己批判を拒否し、三人だけが学生に同調して自己批判した。暴力問題では何時も私と対立するO氏も自己批判した三人組の一人だったが、「それなら何故反対せんやったのか」と言われ、「出張していて教授会にいなかった。教授会の一員として、その決定に責任はあるけれど」と答えていた。狡《ずる》いと思った。「教授会の一員として、その決定に責任はある」なら、その決定に従わなければならないはずであるが、間違いだと思う決定には従う必要がないから、教授会に逆らって自己批判するというのである。そのような態度は大学教師の資格に反している。しかも、自己批判を強要する暴力的態度に同調して自己批判をするのは、暴力的支配を是認することである。

夜中の二時頃、その場にいたチャプレン（大学付牧師）のO氏が、「私は第三者として言いたい。お互いに本音を言いあおうじゃないか。教授会もここまで学生から不信を買って、これだけ言われれば自己批判するよ」と学生たちにへつらって言った。学生が「そんなこと言っても、俺たちは何時も教授会に騙《だま》されてきたんやぞ」と言うと、「ぼくだって何時も騙されているよ。学生に騙されることもあるけど」と言って学生から拍手を受け、さらに、「ぼくは自分の責任で教授会を自己批判させるから、もうこの辺で勘弁してやれよ。これが解決できなければ辞めるよ」と思い上がったことを言った。教師たちからあまり信用されていないと思われる人だったが、その場の学生たちにとっては英雄になった。

確認会は翌二九日朝六時まで一七時間半続いて一時中断、九時間後の午後三時に再開されることになった時、「降伏しないと命が持たん」と言う人が何人かいた。九時間の間に急いで食べ、眠り、確認会に欠席していた人たちを電報で呼び出し、最後の二時間で緊急教授会が行われた。「仕方ないから自己批判して確認会に入るしかない」という空気がひろがってきた。私はそれに逆らうことができず、最初の夜にほとんどの人が自己批判を拒否したことで満足するしかなかった。ただし、「道理はわれわれにあり、教授会の決定は全く正しかったのです」と強調した上で、「止むを得ず教授会の方針に従う」と発言した。

午後三時に「確認会」が再開されると彼らは、「金子は、お前たち（学部長）が監禁されて無理やり確認書を書かされたと言うとるやんけ、その責任はどう取るかあ！」と喚《わめ》いた。私が、「そんなことは言ってない。次の団交は体力の限界まで行われることがないように事前に交渉しておこうと主張したんだ」と言うと激高して、「こらあ！　金子はああやって開き直っとるぞ！　学部長として責任をどう取るねん！」といっそう喚き立てた。経済学部長のI氏が「ぼくは辞めます」と言うと、「お前が辞めて済む問題ではないぞ！　教授会全体の責任だぞ！」と、今度は教師たちを脅す作戦に出た。この時、一緒に座っていたある人の示唆をうけた某氏が立って、「ぼくは金子さんが発言を撤回し、自己批判するように要請します」と言った。「そうだ、自己批判しろ！」と学生たちは叫んだ。「教授会で決定された方針に従う」と言った時から、私は覚悟をしていた。

「ぼくは、団交が夜中の一二時半まで続くようなことがまた繰り返されたら体力の限界を超えるので、そうならないように事前折衝するのは当然だと主張した」と私は、当り前のことを主張してきたことを明確にした後で、ロボットになった。「その発言を撤回し、お詫びします」「学生が暴力で監禁したと言ったんやぞ。はっきりさせろ」「ぼくがそう言ったと諸君が誤解するような発言をしたことを撤回し、お詫びします」「人権無視をしたと言うたやんけ」「諸君が人権無視をしたわけではありません」「一二時半まで時間を長引かせたのはお前たちなのに、学生に責任を転嫁したじゃないか」「時間を長引かせたのはわれわれの責任であって、それを学生諸君の責任であるかのように発言したことをお詫びします」「ようし！」（拍手）

その後、「確認会」に入って一人一人が呼ばれ、差別をどう理解しどのように取り組んできたかを言わされた。学生たちは交替で食べ、眠ってもいるように思えたし、帰る者もいて教師よりも少人数になったが、教師に対しては眠りかけた者を前に引き出して質問攻めにし、言葉尻をとらえて攻撃し、「自己批判」させ、眠らせず、一六時間後の翌三〇日朝七時半になってようやく「確認会、一時停止」を言い渡された。「確認会」が終了したわけではないという意味を含んでいる。二八日午後一時半に確認会が開始されてから三日間、四一時間半経っていた。私が帰宅したのは三日目の午後一時だった。

その翌日、一二月一日に開かれた教授会は複雑な雰囲気だったが、「確認会」の第一夜に自己批判した例のキリスト教学者が言った。「我々は缶詰になったのか、それとも我々がなかなか答えなかったために時計が回ったのかということも、我々の責任なり主体性の問題として考えなければならない。缶詰状態にされたのは我々一人一人の責任だ。一人一人が懺悔《ざんげ》の姿になって、自分はこれこれのことをやるという態度を示すことが必要だ。十分認識して再生を図らなければ甦《よみがえ》れない。」つまり我々は缶詰にされたのではなく、我々自身のせいで缶詰状態になったのであって、みんな一人一人が懺悔しなければならないと言うのである。差し詰め私は教師たちの自己批判を妨げ、拘束される時間を長引かせた最大の罪人だということになる。この善意の人が自分の罪を懺悔するのは勝手だが、仲間にも同じ罪を被せて懺悔を要求するのは止めてほしいと思った。私が懺悔するとしたら、犯していない罪を謝罪したことである。

あの学生たちが「確認会」で我々の罪を明らかにしてくれたかのように言うキリスト教学者の発言に力を得たのか、O氏は、教授会の決定に逆らっていち早く最初の夜に自己批判したことを正当化するかのように、「彼ら〔学生たち〕の方が論理追及は上であって、我々の痛い弱点を巧みに突いている。」と言った。強い流れに乗って主導権を握ろうとする癖が出たのであろう。実際はその反対である。論理的に説得した我々に対して彼らは暴力的な脅しで対抗し、言い分を通したのである。「我々の痛い弱点」は左翼の暴力に弱いということであり、それ以外ではない。

社会学部長の倉橋さんは一一月二八日朝、帰宅して吐血、六ヵ月の安静を要するという診断書を提出して学部長を辞任。「確認会」が行われている間、昭和町学舎で待機していた勝部学長は、一二月一日の夜、自宅で倒れて翌朝入院し、学長を辞任した。教授会は翌二日にも開かれ、五日に「確認会」が再開された時、私も疲労困憊して高熱が出たので欠席した。後に四～五日入院している。

丁度その頃、甲南大学経済学部に移ることになった柳田さんが、後に残る私のことを心配して、私の知らぬ間に龍谷大学経済学部の田口陽一教授に相談し、たまたま同学部が募集していた経済原論担当者に私を推薦してくれていたのである。後に彼は、「金子さんは、ほっといたら何時までも桃山に残っているんではないかと思って、強引にお膳立てをしたんですよ。悪いとは思ったけれど。」と吉田義三教授（元大阪市立大学教授、当時は桃大教授）と私に言った。

苦労したせいか奇妙な愛着心をもっていた桃大を離れるのは辛く、ずいぶん迷ったが、ここではもう自分の信念に基づく発言、講義ができなくなったと感じ、何よりも、少年の頃からひたすら目指してきたライフ・ワークに取り組むことができないだろうとも考えて、桃大を去る決心をした。「金子さんの気持ちの踏ん切りのために、『確認会』は非常に良かった。引け際を非常に鮮やかなものにした。」と柳田さんはしばしば言った。しかし私の気持ちはどろどろとしていた。本当に鮮やかだったのは、柳田さんが書いたシナリオの方だった。

私が決心すると、桃大を去って龍谷大学文学部に移っていた木村さんが、田口教授を含むいろいろな人に働きかけてくれた。その時まで知らなかったが、龍谷大学経済学部には九大で学生運動をしていた時の仲間の大塚啓介さん（理学部数学科卒業）がいて、木村さんは特定の政治勢力の大学支配を防ぐために協力しあっていた大塚さんを説得してくれた。そのお蔭もあって事態は急速に進み、龍谷大学経済学部教授会での審議を経て、一月半ばには龍谷大学から私の異動を要請する「割《かつ》愛《あい》願い」が桃大に来て、桃大教授会で承認された。

「金子さんが辞められるとは意外です。桃山にずっとおられる人だと思っていました。やはりあの確認会がショックだったんでしょうか？」とある人に聞かれた倉橋さんは、「そうでしょうね。金子さんは先頭に立って抵抗していたのに、自己批判するという教授会の方針転換で梯子を外され、徹底的に狙われて自己批判をさせられたのがショックだったのでしょう」と答えたそうである。それに近い感想がいろいろと伝わってきた。例のキリスト教学者は、「あの時は金子さんに気の毒なことをしたなあ」と言ったが、何を気の毒だと思っているのか分からなかった。

実はその時、同時に辞める人が五人もいた。その中には学生の暴力に対して断固たる態度を取れと主張し続けてきた私に反対し、O氏に同調していた人たちもいたのが不思議だった。「桃山を絶対に辞めないと思っていた人が何人も辞めるのはショックだな」と言う人もいた。ただし、辞める理由は水と油のように違っていたのである。その後も数年の間に沢山の人が桃大を去ることになる。倉橋さんも仏教大学に移った。

龍谷大学には、左翼学生に目を直撃された木村さんだけでなく、私と間違えられて鉄パイプで殴られた山内さんも移っていて、別々の学部教授会が独自に決めた人事だったとは言え三人が集まったので、「龍谷は他所でひどい目にあった人ばかりを採るんですね」と言う同僚がいた。

昭和五三年（一九七八年）三月、一五年間勤務した桃山学院大学を退職した。二六年前の昭和二七年（一九五二年）、私が九州大学に入学したばかりの時、教授たちを一晩カンヅメ（監禁）にした報いが、二倍の二晩カンヅメとなって帰ってきただけでなく、九州大学を去って行った永井教授と同様に桃山学院大学を去ることになった。

第19章　脳腫瘍の摘出手術——そして後遺症

昭和五三年（一九七八年）四月、龍谷大学経済学部に転職して、波風はあっても嵐のない日々が続き、講義と論文に集中できて幸せだった。今から考えると、大学の教師になって最も幸せな時期だったと言えそうであったが、それは六年で終わった。昭和五九年（一九八四年）が明けた頃、五一歳の時、脳腫瘍に襲われたのである。それによって私の人生と仕事の仕方に大変動が起こった。

腫瘍が芽生えたのは桃大時代であろうが、龍大に勤めた四年目頃から右耳の耳鳴りと難聴が始まったので通勤途中の耳鼻科医院で診てもらうと、「年のせいです」と言ってビタミン剤をくれた。しかし症状がひどくなる一方だったので、桃大に勤めていた時からの親友の柳田さんに相談すると、「親しい友人に耳鼻科の医者がいる」と言って、大阪医科大学付属病院耳鼻科の高橋宏明氏（当時助教授、後に教授）を紹介してくれた。その先生が頭の中の聴神経腫瘍を見つけてくれたのである。昭和五九年（一九八四年）の二月、決め手はX線の断層撮影だった。薬も放射線も効かず、手術で摘出するしかないという。青天の霹靂《へきれき》だった。

当時の医者は、癌など重病の診断を患者本人には明確に告知しなかったので、「腫瘍は良性か悪性か、もし悪性だとしたら手術を受けずに著作を仕上げたいが、どれ程の歳月が残されているか？」を聞きに、妻に行ってもらったら、「二人一緒に来なさい」と言われたので二人で行き、結局のところ手術を受ける決心をした。聴神経腫瘍の手術は脳腫瘍の中でも特に難しいものであるということを後で知った。

同年五月二二日、大阪医大脳外科の太田富雄教授による手術を受けた。後頭部に大きな穴を開け、そこから顕微鏡とレーザー・メスを奥深く差し込んで、親指ほどの大きさの腫瘍を摘出したのであるが、十一時間かかったという。「そんなに長い間、小便はどうするのですか？」と手術の助手を務めた医師に聞くと、「垂れ流しです」と言われて絶句した。職業が違うと、こういうところまで違っているのか！

何年か後に近所の診療所で診察を受けた時、どこで手術を受けたのかと聞かれたので答えると、「太田先生は名医ですよ」と言われた。

麻酔から覚めた時、口の中一杯に大きな石を頬張っているような気がした。口の中が麻痺したせいだったらしい。顔面の右半分も麻痺していて、それは今でも続いている。右耳はまったく聞こえなくなって耳鳴りだけが残り、右目の目蓋が閉じなくなった。口も麻痺してまともに話すことが出来なくなった上に、食べたものが口の右側からこぼれ落ちるようになった。話しても相手には分からないので字を書いて意志を伝えようとしたが、ミミズのようにねじれた字になって、自分でも判読できなかった。人相も変わり、歩行も困難になった。

右目が閉じないので乾燥して角膜潰瘍になり、白目が真っ赤、黒い瞳は真っ白になって右目の前に濃い霧が立ちこめた。一日おきに眼球に太い注射針を刺されて抗生物質を注入される日々が二、三ヵ月続いた。上を眺めさせられ、眼球の下部から太い（そう見えた）注射針をぶすっと刺され、かなり多量の薬液（抗生剤？）を時間をかけて注入される気分は良いものではない。そのような苦難に三ヵ月近くも堪えたのに、効果がなかった。今度は右の目蓋を糸で縫い合わせられて目が開かなくなった。いろいろな試みのあげく、手術後半年ほど経った同年一二月に形成外科で神経を移植する手術を受けた。右足の臑《すね》から剝《は》ぎ取った神経を顔面の左から右に鼻の下を経由して横断移植し、さらに右目を少し縮小した上で右のこめかみから削《そ》ぎ取った筋肉を右目の周りに移植すると、物を嚙めば目蓋が閉じるようになった（右のこめかみは今でも深くえぐれている）。アメリカでその技術を習得したという田嶋教授が執刀してくれたが、それができる医者は当時の日本には二、三人しかいないのだと、脳外科の若い医者が言っていた。三〇年後の平成二六年（二〇一四年）五月初め、一寸した手術を受けるため、済生会病院の形成外科に一晩だけ入院した時、若い医者が「田嶋先生は名医で評判ですよ」と言って、私の顔の手術跡を見つめていた。私は医学界のことを何も知らなかったが、大阪医大には名医がそろっていたらしい。私の脳腫瘍を直ちに見つけてくれて、太田教授に紹介してくれた高橋教授が名医だったことは間違いない。

嚙みしめると目蓋は閉じるようになったが、眠っている間は嚙むことができないので薄目が開いてしまい、目が乾燥して角膜潰瘍になることが年に数回、多いときは一〇回ほどあった。一日四〜五回の抗生剤の点眼を一週間前後、時には一、二ヵ月続けるので、耐性菌が出来て効かなくなることが度々あり、使う抗生剤の種類が一〇回以上も変わった。今使っている抗生物質は後がないと言われているので、はらはらはらしている。試行錯誤したあげくの現在、寝る時はある種の抗生物質の眼軟膏を右目に入れ、清浄綿を貼り付けた水泳用ゴーグルを目に当て、口にマスクをし、強力な加湿器をつけると具合がいい。旅行する時は小型の加湿器を持参し、日本の空気よりもはるかに乾燥しているスコットランドなどの海外に行く時は重いトランス（変圧器）が欠かせない。朝、起きたら直ぐに鏡を見て、目が赤くなっていないことを確認すると、「有難うございます！」と心の中で叫ぶ。誰に言っているのか、自分でも分からない。ここまで生かしてくれたあらゆる人たち、運命、もしかしたら神と仏？

海外旅行にかんしてはもっと重大な心配があった。後頭部の付け根付近に開けられた大きな穴は骨が撤去されていて、頭皮だけで脳を支えているので、長時間の飛行中に機内の気圧が弱くなった時、その頭皮が脳圧に耐えられるだろうか？　主治医の太田教授に尋ねると、「そのようなことは聞いたことがありません」と言われた。

運動神経が麻痺したので、歩く練習は猛烈に疲れたし、二週間ほど経つと言語訓練が始まった。最初に何か歌ってみなさいと言われて「からたちの花」を歌った。驚いたことに、喋れなくてもなんとか歌えるのである。次に、「たく（卓）、だく（抱く）」などの言葉や、「晩に白樺林のそばを通るとバサバサ音がしてこわいようだ」などの文を音読させられたが、難しくて疲れ果てた。サ行、タ行、ラ行、バ行、パ行が言えなかった。大学の教師だから喋れなかったら失業する。二人の息子はまだ中学、高校生だったし、何よりもライフ・ワークが挫折する。だから何処にいても絶えず喋る練習をした。子供たちに何回も読んでやったことがある『ピーターラビットのおはなし』を、言語訓練室における集団訓練の時にゆっくりと音読できるようになったのは何ヵ月も後である。フランス語を独学したときにシャンソンを原語で沢山覚えたことも、外国語の発声練習に役立った。「芸は身を助く」ということだなと思った。

病室で暇さえあれば、字を書く練習もした。住所、氏名やアルファベットなどを一杯書いたが、mとnを書き分けることがとても難しかった。そのノートを見せてほしいと若い医者たちが次から次に病室へやってきた。数年後には以前の三分の一位の早さで書けるようになった。

脳外科、眼科、形成外科と病室が変わりながら約八ヵ月入院、昭和五九年（一九八四年）の年末に退院した。その後は上記の各科や耳鼻科に毎週通院する生活が長く続いた。今でも各科、とくに眼科には通っている。

昭和六〇年（一九八五年）の四月、龍谷大学での講義を再開した。病院では黒板の字を書く練習ができなかったので、教壇に立ったときは、板書の代わりにプリントを配った。五〇〇枚を超えるプリントを毎回教室に運ぶのは重くて大変だった。また、オーバーヘッド・プロジェクターという投映装置も使った。

数十年後、私が桃山学院大学を退職したのと同じ年に同大学を卒業した学生、ただしすでに六〇代の人に私の脳腫瘍のことを言うと、即座に「ストレスのせいでしょう。先生たちは長い間ずいぶん攻撃されていましたから」と言われた。考えてみたら、桃大で大学紛争が始まってから約一〇年間、徹夜することも度々あった大衆団交、そこでの激しい言葉の遣り取り、教授会における数々の厳しい論争は、「前門の虎、後門の狼」と同時に対決しているようなものだったし、度々の「封鎖」（一部の学生たちによる大学占拠）、学外での深夜の会議、過激派学生からの暴力の脅威、それらの合間や通勤電車内での論文執筆や読書、桃大退職までの二十数本の論文書きと電車内での校正……などが絶え間なく続き、頭脳が大きなストレスを受け続けたことは確かである。腫瘍が親指ほどの大きさになるまでには何年もかかったはずであるから、それが芽生えたのは桃大時代であろうし、私の頭脳はストレスに対して弱かったのであろう。

第20章　龍谷大学――終《つい》の職場

桃山学院大学を辞した私を受け入れてくれた龍谷大学は、寛永一六年（一六三九年）、西本願寺境内に設立された学寮を起源とする浄土真宗本願寺派系の学校であるから、文学部の真宗学科や仏教学科などの教師や事務職員には僧侶が多く、多彩な人物と出会ったが、木村勝造さんをつうじて知り合い、深い縁が出来たのが北畠典生《てんせい》氏である。延元元年＝建武三年（一三三六年）、後醍醐天皇を奉じて大和の吉野に南朝を立てた北畠親房の家系を継ぐ人で、山形県天童市の善行寺《ぜんぎょうじ》の住職であり、後に龍谷大学や聖徳大学の学長を務めることになる。

私の父は、そのように偉い人がおられるのであれば、その方から院号を頂きたいと言った。その望みを木村さんから聞いて下さった北畠先生は直ちに手続きをして、昭和五八年（一九八三年）三月、父に無碍《むげ》院釋光勇《いんしゃくこうゆう》、母に無量院釋尼妙寿《むりょういんしゃくにみょうじゅ》という立派な院号を授けて下さった。こんなに簡単に実現するとは思ってもいなかったので驚いた。しかも世間の慣習とは違って、同氏はお礼の金品を全く受け取らず、西本願寺に一〇万円を寄進してほしいと言われただけである。だからそのようにすると、西本願寺から同年三月二五日付の感謝状を頂いた。

龍谷大学に入って日が浅く、所属する学部も違い、ほとんど交際もなかった私に、北畠先生がこれほどまでのお心遣いをして下さったのは、先生と親しかった木村さんの人柄を信頼しておられたからだと思う。

父は院号を頂いて大喜びした。若い時からさんざん心配させ、迷惑をかけてきた両親にせめてもの償いをさせて下さった北畠先生には感謝のほかない。その二年後の昭和六〇年（一九八五年）四月一二日朝、私が退院して出勤し始めるのを待っていたかのように、父は千葉県松戸市の自宅から次の世に旅立っていった。最後に私と電話で話したのはその五日前の四月七日、「お父さんはもう駄目だよ。お前と会いたい」と言うので、「僕は頑張っているのだから、お父さんも頑張らなければ駄目だよ」と答えると、「そうだな、頑張るよ。」と言った。後で思い出すと、弱々しい声だった。

母の話によると、父は何時ものように朝六時頃に起きて雨戸を開け、新聞を取りに行ってテレビをつけ、靴下をはきかけたまま座椅子に座ったので、「お父さんどうしたの？　立ちなさいよ。」と言って両手を引っ張ると立ち上がったが、また座りこんでそのままスーッと亡くなった。何事もなかったように静かに逝ったのだという。

翌日、浄土真宗・中原寺《ちゅうげんじ》の和尚さんを迎えての葬式の後、父の棺と共に火葬場に向かった道には満開の桜並木が延々と続き、父が乗る車に花びらが嵐のように降り注いできた。何と素敵な旅立ちであろう。

母は二三年余り後の平成二〇年（二〇〇八年）、九七歳になるまで長生きし、その歳になっても判断力や記憶力は衰えなかった。九月始めに体の不調で入院した日、看病のために私たち夫婦が滞在していた松戸市の実家の庭に、これまで咲いたことのなかった彼岸花《ひがんばな》が咲いた。母が病気と激しく闘っていた時、その花は真っ赤に燃えた。そして九月二六日早朝、母が亡くなったという電話が病院からかかってきた時、庭を見ると花は萎《しお》れていた。翌年になっても、それ以降も、彼岸花は全く咲かなかった。

花を愛し、何時も花を描いていた母だった。父も母も花に見送られたのである。

昭和五三年（一九七八年）春に龍大に移って六年目の昭和五八年（一九八三年）夏のこと、脳腫瘍手術を受けた年の一年前だったが、大学の広報誌『龍谷』第一一号（一九八三年一〇月）の特集「百年目に出会う三大経済学者――マルクス・ケインズ・シュンペーター」に、「私のマルクスとの出会い」と題して書いてほしいと、広報委員長だった大塚さんから言われた。「ぼくはマルクスを全面的に批判する立場だから、迷惑をかけたくない」と断ったが、「むしろその方が龍大のユニークさをPRできていい。ぜひ頼む」と言われ、正式の依頼状が来たので、苦労して書いた原稿を送った。ところが、編集責任者が大塚さんをつうじて「もっとクールに、マルクスの著書の内容を解説してほしい」と注文する形で、私の原稿を拒否してきた。そして、他の同僚の文章が掲載される結末になった。私は龍大もこうなのかと驚いたが、友人を困らせたくないと思って我慢した。

この編集責任者は後に学長になった人で、仏教学を教える僧侶と聞いたが、前の大学で私と間違えられた教師が左翼学生に鉄棒で打たれた時、「教師の名簿に写真をつけて配らなあかんなあ」と言ったり、部落解放研究会が主催した差別落書きについての「解説会」が三日間にわたり四一時間続いた後の教授会で、「缶詰め状態にされたのは我々一人一人の責任だ。一人一人が懺悔の姿になって……再生を図らなければ甦れない。」（一一六頁参照）と主張した人もキリスト教学を教える宗教家だったので、日本の宗教家たちは宗教の違いを問わず精神の弱い人が多いのだろうと思った。新興宗教がいろいろと出るのは、そのせいもあるのではないか？

その翌年の昭和五九年度に国内留学と呼ばれる一年間の研究休暇（欧米のサバティカル・イヤーに相当）を与えられたが、奇しくも前章に書いた脳腫瘍の療養期間になってしまった。そして昭和六〇年度から教壇に復帰、講義を再開した。

それから二年経った昭和六二年（一九八七年）春頃には、かなり滑らかに話すことが出来るようになっていたので、葵小学校同窓会（＝葵会）の満洲訪問団に参加して、奉天葵小学校同窓会の三〇名が母校の校舎をそのまま使っていた瀋陽一二四中学（六学年制、日本の中学プラス高校に相当）を訪問した。昭和六二年（一九八七年）四月三〇日、校門で大勢の生徒たちから熱烈に歓迎され、午前中は講堂で歌と踊りの歓迎会、午後は懐かしい教室を自由に回る授業参観という接待を受けた。昼休みの歓迎昼食会では、私たち一人一人が書家の先生自筆の掛け軸をもらった。私が頂いた掛け軸には、朱子学を大成した南宋の朱熹《しゅき》の詩「偶成」が書かれていた。「少年易老學難成」（少年老い易く學《がく》成り難し）から始まる七言絶句であるが、私は満洲で中学二年の時に中国語で教えられ、今でも暗唱できる。

学校に別れを告げて歩き回ったが、街の風景、建物は昔のままだった。私の家だけが、葵小学校の真ん前にあったために、ソ連兵に破壊された後、教員住宅に建て替わっていた。他の人たちは皆、かつての住居を訪れ、住んでいる人たちは快く家の中を見せてくれたそうである。あちこちで写真を撮っていると、通りかかった人たちが珍しそうに集まってきたが、その表情に敵意は全くなく、懐かしそうでさえあった。まして反日意識は全く感じられなかった。そのような状況が一変したのは、平成元年（一九八九年）の天安門事件の後に中国共産党総書記になった江沢民氏が反日教育を始めた時からである。

翌五月一日は朝から自由行動だったので、私は個人的に予約していたガイドと一緒に歩き回った。その年の一〇月に発行された同窓会誌『あおい』第一三号に、この時の参加者たちのレポートや感想文が掲載されて、私は「残留婦人との出会い」と題する報告を書いているので、一部を紹介したい。満洲にいた日本人の人生が敗戦によってどう変わったかを示す一例である（会報では編集者が文章と句読点をところどころ変えているが、私の原稿のとおりに引用する）。

「それは、ソ連軍から即時退去の命令をうけてあわただしく間借りした家々を、もう一度見たいと思って捜していた五月一日午後のことだ。『この辺りに日本人のお母さんがいるから聞いてみたらどうですか』というガイドの勧めに従って、本間《ほんま》武子《たけこ》さんのお宅にうかがったのである。〔別行〕本間さんは七十五歳のお元気そうな美しい婦人で――若い時にはさぞや人々の目を引いたであろう――、驚くほど綺麗な日本語を話しておられた。終戦当時は満洲赤十字の看護婦として新京（今の長春）にいたが、その後、瀋陽に来た。国府軍の下での留用、共産軍の下での収容所入りを経て結婚し、ほとんどの残留婦人と同様に中国籍になった（日本籍の婦人も少数いる。正月には瀋陽の日本領事館が残留婦人を招待してくれた）。〔以下別行〕四人の娘が生まれ、みな結婚して、本間さんを養ってくれている。今は末娘と一緒に暮している。以前は母親が日本人ということでいじめられたので、娘たちは日本語を習いたがらず、誰もしゃべれない。しかし現在はそのような反日感情はない。〔別行〕十年前に、佐渡にある実家の財産放棄の手続きをしに帰国したことがある。その時の土産に持ち帰ったラジカセなど電化製品は、中国に戻った時に没収された。今はそういうことはないであろう。もう一度帰ってみたいとは思うが、永住帰国の気持はない。残留孤児が養父母を置いて日本へ帰ってしまうのは納得できない。〔別行〕以上のようなお話を聞いたが、まだまだ話し足らぬ様子だったので、その晩ホテル〔鳳凰飯店《ほうおうはんてん》〕に来て頂いた。近くに住んでいるという三番目の娘さんが付き添って来られた。この人の月給は七十五元（三千円弱）で、食べるのに困ることはなくなったが、洋服を買うには二、三ヵ月分の収入が必要ということだ。〔別行〕『よかったら連れていらっしゃい』と皆さんが言われたので、にぎやかな歓談の中へお連れした。それがとても嬉しかったらしい。私たちが帰国するのを追いかけるようにやって来た手紙（五月四日付）には、次のように書いてあった。〔別行〕『四十三年ぶりにはじめて暖かい皆々様の御心にふれた感じでした。……日本に生れ、長生きしたおかげで楽しい一時をすごさしていただけました。……北陵公園での朝の散歩に日本の方達にお目にかかる折りも……なつかしくお話をと思いつつ、避けつづけてきた私でした。まだまだ残留婦人に暖かい手をさしのべて下さる方達もいられることを知り、なつかしさで一ぱいです。』〔別行〕私たちが満洲に行ってなつかしさを満喫しているときに、なつかしい気持を抑えて私たちを眺めている人たちがいるとは、思いもよらぬことであった。〔別行〕これから瀋陽へ行かれる方もおられるであろうが、会いに行かれたら本間さんはとても喜ばれると思う。元の高千穂小学校のすぐ裏で……次の住所へ直接に手紙を出されたらよいし、私が仲介してもよい。〔別行〕なお、大急ぎで行ってみた春日町は今も瀋陽一の繁華街だった。鉄西の工場地帯も昔のままだったし、千代田公園や長沼公園には沢山の人々が遊んでいた。砂山は地名として残っているだけだが、渾河《こんが》の流れ〔葵小学校の校歌で歌われた奉天郊外の大河〕はやはり悠久であった」

本間さんからの手紙は、昭和六二年（一九八七年）五月以来、その年の八ヵ月間だけで一〇通も来た。どんなに日本を恋しがっていたかが分かる。同年九月に来た六通目の手紙にも、「瀋陽で御目にかかれたあの時の思い出は本当になつかしく忘れられません。御心のこもったなつかしい一時でした」とあり、同年一一月三日付の手紙にも、「時折り写真を取り出して見るたびに、あの楽しかった一時を思い出し涙しています」と書かれていた。もちろん、こちらもすぐ返事を書いた。一ヵ月に一回前後の文通は後に書くエディンバラ（スコットランド）留学の頃まで続いた。日本領事館は残留婦人の一時帰国を一〇年毎に手配していて、本間さんが翌年一〇月二〇日から一ヵ月間、一時帰国をした時は葵会が歓迎会を行い、私はその日のホテルをお世話した。

同窓会誌には載せなかったが、本間さんからの最初の手紙〔一九八七年五月四日付〕には、「皆様にお目にかかるまでは、一時はとまどい自分を恥じていたのです。実は十年前の帰国の折、肉親からも異国の夫〔がいる〕とさげすまれ、冷たい目で見られて中国に帰ってきた者です。姉にどこへも出かけるなと〔言われ〕女学校時代の友達の招きもさけてきた私でした」と記されていた。そのような気おくれがあったから、その手紙には「朝の散歩に日本の方たちにお目にかかる折りも……なつかしくお話をと思いつつ、避けつづけてきた私でした」と記されていたし、七月一一日に受け取った手紙には、「あの時からまだ私たちを日本人として見て下さる方々もいられるのかと知らされました」と記されていたのである。それに続いて、「お手紙と共にお金までいただきお礼の申上げ様もありません。人民券〔元〕で買えないものも日本のお金では買えるのです。残留婦人は日本より来られた方にお願いして〔元を円に〕変えていただきたいと思いつつ口に出して言えないでいる有様なんです」と書かれていたことも、今では紹介してよいであろう。共産主義国の高級幹部たちは特別な配給を受けたり、外貨ショップで欲しい物を自由に買うことが出来たが、一般国民は外貨を手に入れることが出来なかった。ホテルで本田さんを迎えた訪問団の同窓生たちに、日本円を持っていれば中国で欠乏している食品、衣料品を買えるから、贈り物として何よりも喜ばれる物は日本円だと言ったが、理解してもらえなかった。だから、訪問団のメンバーから本間さんへの贈り物は、人民元でも購入できる煙草などになってしまった。

共産主義国の支配階級は、政治的・社会的権利だけでなく、消費生活においても特権をもっている——そして相続される——ことが広く知られるようになったのは、もっと後のことである。

娘さんたちは、父がかつて国民党将校、母は日本人という二重の「弱点」があったので、初級中学校（三学年）までしか進学を許されなかった。そして本間さんによると、一人の娘さんは、「日本人同士の話は少し位は聞きとれるようですが、文化〔大〕革命の時に日〔本〕語の分かる人はスパイとされ、手紙には書けませんが〔書けないようなことを〕目に見ているので話そうとはしなくなりました。」（同年一一月三日付、〔　〕内は私の補足）

七月一一日受け取りの手紙によれば、本間さんたち夫妻は長春にいたので、八路軍（共産軍）による兵糧攻めを経験している。「毛沢東の指令」によって八路軍は「国府軍を上回る三十数万の兵力で徹底した包囲と食糧攻めの作戦をとった」（武田英克著『満洲脱出』中公新書、六一頁）ので、昭和二三年（一九四八年）五月頃から、長春を包囲する八路軍の包囲線と国府軍の防衛線との間に約一キロ幅のドーナッツ状の緩衝地帯が出来て卡子《チャーズ》（関所）と呼ばれた。民間人は防衛線から出て卡子に入ることはできるが、卡子の外へ出ようとすると阻止され、防衛線内に戻ることも許されなかったので、多くの人々が卡子に閉じ込められて餓死した。一九日間閉じ込められて奇跡的に脱出できた武田英克氏によると、「広場の中ほどは屍体で足の踏み場もない状態」「人間が人間を食う飢餓地獄」（同右書、八三～四頁）だった。ただし、武器、弾薬、カメラなど「共産党軍にとって何か役に立つ物を持っている人間」や、共産党軍の役に立つ医者や技術者は脱出を許されることが多かった（ユン・チアン、ジョン・ハリデイ『マオ』上、講談社、五二五～七頁）。兵士たちの脱出も、国府軍の兵力を弱めるので許された。本間さんによると、ご主人は将校だったから、「美国〔米国〕式の武器」も持っていたので、脱出を許されて「解放区に入り、吉林で二、三ヵ月教育を受け、瀋陽に参りました。それからは主人が苦力《クリー》をしての生活でした」。卡子を通ったときは、「死んだ方もまだ生きている人も枕をならべ」、「あの様《さま》は今思い出してもゾッとします」。

防衛線内の長春市でも餓死者が激増した。一〇月一九日に国府軍の最高司令官、鄭洞国《チョントンクオ》が降伏して五ヵ月の包囲戦が終わった時、「五〇万あった長春市の人口は一七万に減ってしまった」（『マオ』上、五二七頁）。三三万人が餓死させられたのである。その大半は、下層階級の庶民である。

嬉しいことに、同窓会誌に載せたレポート以来、多くの人が本間さんに会いに行った。一人で二～三回会いに行った人々もいる。同期生の篠﨑正卓君は葵会報第二一号（平成八年＝一九九六年八月）で「中国東北の旅」を募集し、翌九年（一九九七年）五月下旬に一二名で挙行したが、その四日目の五月二〇日夜、ホテルに本間さんを招いて歓談し、翌日は三人が本間さんのお宅を訪問したという。私より二学年若い鈴木利幸さん（終戦時五年生）も何回か本間さん宅を訪問し、本間さんの様子を写真付で知らせてくれたし、吉田正満さん（終戦時二年生）も同様な手紙をくれた。

私はエディンバラ留学後も度々エディンバラに行くことになって、本間さんとの文通回数は減ったが、葵同窓生たちの本間さんとの交際や文通が大変増えていたので安心していた。ところが篠﨑正卓君の葉書（平成一八年＝二〇〇六年一〇月一五日付）で、本間さんは「脳血栓で倒れ、右半身不随、寝たきり」と教えられた。同君は「新潟こしひかり二キロと梅干若干」を小包航空便で三回送ったと言い、同窓生たちに「小包送付をお願いします」と呼びかけている。私がお見舞いの手紙を出すと、驚いたことにすぐ返事が来た。ただし原稿用紙に書かれていた最初の二行は、「金子先

生　お手がみありがとう」と辛うじて読めたが、後の字は歪みがひどくて判読できなかった。麻痺した手で必死に書いてくれたのであろう。一一月三〇日に投函されているが、これが最後の手紙となった。そして翌年六月一〇日、本間さんは亡くなった。娘たちやお婿さんたちに慕われ、大事にされた幸せな晩年だった。

鈴木利幸さんが葵の同窓生たちに宛てた平成一九年（〇七年）七月一〇日付の手紙は、「七月七日、本間様の二女のご夫婦が経営するお店で、二女のご家族の方たちとお会いして、本間様が亡くなられましたことを知らされました」と述べ、すでに知らせた九人の名前を挙げて、その他に関係のある人がいたら知らせるようにと要望している。この九人に鈴木さん本人、篠崎君、私の三人を加えた少なくとも一二名以上が本間さんとの交際を続けていたのであろう。「満洲育ちの私たち」と歌いながら成長してきた私たちは、満洲に残留せざるをえなかった本間さんに、せめて母国の香りだけは絶えることのないように運び続けることができたのである。

第21章　執筆制限の危機

昭和六〇年（一九八五年）四月に教壇に復帰してから二年後、昭和六二年（一九八七年）四月下旬からの満洲訪問団に参加したことは前章で書いたが、満洲に出かける直前に奇妙な出来事が始まった。その頃、私は年に四回発行される大学の紀要『経済経営論集』（昭和六一年＝一九八六年一二月～昭和六二年＝一九八七年一二月）に論文を書き続けていて、「社会主義国家およびプロレタリアート独裁の社会経済的性質について」と題する論文を数回に分けて連載し始めた直後の八七年三月、雑誌編集の責任を持つ学会委員会で、編集責任者を含む同僚たちが突然、「執筆回数を年に二回以下に制限するべきだ。毎号書くのは雑誌の私物化だ。年に四本も書くと論文内容もいい加減になる。」と言いだしたので呆気《あっけ》にとられた。「原稿が集まらなくて困っているではないか。多くなったら辞退する」と反論すると、「毎号書く人がいると、執筆者が少ないことが隠蔽されるから、雑誌の改善が遅れる」とT氏から言われ、唖然《あぜん》とした。もちろん強引な詭弁である。後に私が余り投稿しなくなってからも、執筆者数の不足は全く「改善」されなかった。

この教師たちは、年に僅か三～四回書いただけで論文内容が「いい加減になる」と言いながら、莫大な数の論文を書いたマルクスを崇めているのであるから、多い少ないに関係なく私の論文は「いい加減」なものと考えていたのである。毎号書く人はそれまでにもいたし、以前に私が「経済学的自然観の歴史」について連続一〇回も書いたときには問題視されなかったのに、連続五回目の投稿でこの騒ぎであるから、共産主義批判を封じるための提案だったことは明らかである。後に経営学部教授の小林袈裟治さんから、「経済学部の連中があの論文は困る、困ると盛んに言うので、読んでみたら大変面白かった」と言われた。それらの論文は拙著『資本主義と共産主義』（一九八九年刊）第三編の骨格となっているので、経済学部の一部の教師たちが「困る」と言って騒いでいた私の論文がどのようなものだったのか、一般の人たちにも見てもらえる。

懸命に反論した末の採決では四対四の賛否同数になった。私以外に反対してくれたのは、経済学部教授の田口陽一さん、経営学部教授の守屋晴雄さんと大西謙さんである。もし私がその場にいなかったら執筆制限が決定されていただろう。田口さんはマルクス経済学者でありながらマルクス批判者にも寛容で公平な心の人だった。だから柳田さんとも気が合って親しかったのであろう。

賛否同数ならば不採択となるはずなのに審議続行とされ、委員以外の人々の意見を聞いて再び採決をすることにされた。これも異常である。提案者たちは自信を持っていたようで、私の知らぬ間に包囲網が出来ていたらしい。委員ではなかったN氏が、「『論集』の私物化を止《や》めるべきだ」と私の研究室に言いに来た。商業雑誌によく書いているこの人は、「商業雑誌に書くべきだ」とも主張した。「私の研究論文を載せてくれるような商業雑誌はない」と答えると、別の会議の時には、「論文を沢山書きたいなら、自分で同人雑誌を作って書くべきだ」と主張した。学界に向けた学術論文と一般大衆向けの随筆や小説とを混同していて、学問や研究というものがよく分かっていないらしい。そのような考えを自分が持つだけならいいが、大学でそれを強いられると大変迷惑する。ところが、その場で反論したのは私だけだった。

一生懸命に支持を求めて回ったが、当てにしていた人々から、「委員会の中で解決しろ。外に出したら差し障りがある」、「自動車輸出の自主規制という例もある」つまり論文執筆を自動車輸出と同様に自主規制すべきだ、「いい論文を書けるのは年に二回が精々だという考え方もある」などと言われ、大学の中なのに四面楚歌《しめんそか》の思いがした。しかし、やがて「余りにもひどい」と憤慨して助けてくれる人が出て来た。寺田宏洲さん（財政学の教授）が経済学部だけでなく経営学部の人たちにまで、支援してくれるように働きかけてくれたのである。反対意見を書いたメモの提出を承諾してくれる人もいた。そのせいか、執筆制限案への支持が期待したほどには集まらなかったらしく、数ヵ月後に制限案は一応撤回された。

執筆制限を主張したのは、みなマルクス主義の流れを汲む人で、共産党に近い人も、それと対立する新左翼系の人も、私の執筆を制限することでは全く一致していた。大学で声高に叫ばれた「学問の自由」というものは、結局は左翼思想だけの自由にすぎないことを改めて痛感させられた。

論文を書くたび、本を出版するたびに、私を助けてくれた人たち、とくに反対の挙手をしてくれた三人の人たちや、走り回ってくれた寺田さんのことを思い出す。この人たちのお陰で、私は研究を続けることが出来て、マルクス批判をも許容する真の学問の自由が、この龍大経済学部でも辛うじて保たれたのであり、後に何冊かの拙著を出版することも出来たのである。

文学部所属であるが経済学部の人たちにも知られていた木村さんが私の論文をいち早く評価し、激賞してくれたことも、私の心の支えになっただけでなく、経済学部に対する牽制にもなって重圧を軽減してくれ、有り難かった。

昭和六二年（一九八七年）三月に始まった執筆制限危機の峠を越えようとした頃の同年七月、今度は私を経済原論の講義担当から外そうとする陰湿な策動が始まった。授業時間割の作成を担当する教務主任のI氏が、「金子さんの体が回復するまでノルマ（講義負担）軽減をしたい」と言うので、「健康に支障はない」と辞退すると、「しかし金子さんの原論の講義の仕方には、学生たちから相当な批判があるのですよ」と迫られたから、「ノルマ軽減」は私の経済原論の講義を止めさせるための口実であると分かった。

しかし私は見知らぬ学生から、「先生の授業は非常に静かだから大教室の後ろの方でもよく聞こえるし、時々要点を口述筆記させられるので聞き落としや書き落としがなくていいです」と言われたばかりだったので、怪訝《けげん》に思って尋ねると、『論集』の私物化を止めるべきだ」と私の研究室に言いに来たN氏から学生の批判を聞いたという。「ごく一部の人の意見だけで判断しないでほしい」と言うと、I氏は、「講義のやり方は各自の自由だから、それなら仕方ないが、原論担当者のグループで講義を聞き合うなどして、相互批判で改善してほしい」と勧告してきた。

念のために私は、講義をした直後に教室から出る学生たち一〇人以上に感想を聞いて回ったが、みな私の講義に好意的で、「今のやり方を続けてほしい」と言われた。また私は、このI教務主任が出席した経済原論担当者たちの会合でI氏の勧告を紹介し、私の講義に対する批判を求めたが、誰からも批判が出なかった。

講義方法の批判をうけろと勧告されたのは私だけだったし、このI氏自身がそれを実行しているとは思えなかった。彼は私より若く教歴も短い人であるが、嵩《かさ》にかかった態度で講義批判をしてきたのは、私のマルクス批判に反発する教師たちに支持されているという自信があったからであろう。彼はこの事件の直前にも、ノルマ（一週間当たりの講義回数）を軽減するから新設の理工学部へ移籍したらどうかと言ってきた。それを断ったので次の手を打ってきたらしい。私自身がそう思っただけでなく、隣の研究室にいた経済原論担当者（近代経済学）の水原教授も、「先生の体が回復した今頃になってこういう話が出てくるのはおかしい。経済原論の講義を止めさせる口実だと思う」と言っていた。

教師の学部所属はもちろん、担当科目にかんしても、各学部の教授会しか審議し決定することができないのに、そこでの審議も協議もなしに教授会構成員である私の他学部への移転、したがって担当科目の変更を言ってくるのは重大な越権行為であり、思い上がりも甚だしい。自分の力を誇示するスタンド・プレーであろう。

左翼思想を持つ人たちが叫ぶ人権とか学問の自由とかいうものの実体はその反対物であることを、私はしばしば経験してきた。しかし幸い日本は民主主義の法治国家であり、私もその国家に守られているから、用心していれば大丈夫だと思っていた。ただし、私が欠席している時に執筆制限が決定されたり、講義の担当を変えられたりすることがありうると、私は何時も緊張し、教授会を休まないように心掛けていた。

第22章　『資本主義と共産主義』の出版――両極端の反応

平成元年（一九八九年）一二月、論文執筆制限の危機を辛うじて乗り越えて書いた諸論文を修正し編集して構成した拙著『資本主義と共産主義』が文眞堂から出版された。熊本商科大学（現在、熊本学園大学）の岩野茂道君が同社に頼んでくれたお蔭である。共産主義は全般的奴隷制であることを理論的かつ実証的に論証しようと努め、共産主義を立て直そうとするソ連のペレストロイカは失敗せざるをえないという見解を述べている。

その前月にベルリンの壁が崩れたばかりの時だったが、まだ空気は凍ったままだった。今では想像もできないであろうが、「こういう本を出せたこと自体が奇跡だ。もう少し前だったら出せなかっただろう」と畏友の木村勝造さんが言った。すでに述べたように彼は、桃山学院大学にいた時、過激な左翼学生に対してひるみがちな大多数の教師たちとは違って、正論を堂々と述べたために、赤軍派と称する学生に拳骨で目を直撃され、失明の恐怖を味わった人である。

文眞堂はそのような本であることを承知の上で出版してくれた。この侠気なしには、拙著は世に出なかった。まだヘルメットをかぶり、鉄パイプの「ゲバ棒」を持った学生が文眞堂の周辺でも闊歩していた頃のことである。

ともかくも、私の著作はやっと日の目を見たのである。もし龍谷大学経済学部で執筆制限が決定されていたら『資本主義と共産主義』はこの世にはなかったし、それに続く四冊の著作もなかったであろう。私を助けてくれた人たちへの感謝の気持ちが自然にわき起こってくる。

若い人々に買ってもらえるような定価にするために、大学から与えられた出版助成金七七万円に加えて私費三〇〇万円を使ったが、何処からか不可解な金が出ていると学部内で言い触らされたらしい（それを教えてくれる人もいたのである）。左翼的な教師は、猜疑心が強く心の狭い人が多い。

その後、在職中に三回出版したときにもその都度出版助成金をもらったが、その何倍かの私費を使った。九年後にエディンバラ大学で会った若い韓国人研究者が「パブリッシュ・アンド・ペリッシュ（Publish and Perish出版すると身が滅ぶ）」だと嘆いていたことに共感した。

私の受講生は多かったから、多くの大学教師のように教科書として使えば毎年多数が売れたであろうが、出版社の期待に反して、私はこの本を教科書として使わなかった。研究者や意欲的な学生に読んでもらうことを目的とした学術書なので、教科書には向いていないと思ったからである。それにもかかわらず、町の一般の書店で第一刷の二千部が売り切れ、第二刷の千部も売り切れた。ソ連崩壊の二年前という時宜《じぎ》のせいであろう。

木村さんは、東大での学生運動以来の親友である産経新聞大阪本社社長の小島宣夫氏に拙著を推薦してくれた。拙著を読んで共感してくれた小島氏は、私費で拙著を三〇冊も購入し、各方面の人々に配ってくれたという。また同氏は産経新聞東京本社に、拙著の書評を掲載するように要請してくれた。その結果、加藤寛慶応大学教授（当時）が書いてくれた書評が産経新聞（平成二年＝一九九〇年二月八日夕刊）に掲載された。当時、大変高名で多忙だった同教授が無名の私の著書に対して書評を書いてくれたのは、小島氏のお蔭である。

ところが、マルクスが主張した共産主義＝共産党独裁は一般国民の奴隷化に他ならないから、レーニンとスターリンが築き上げたような形でしか実現できないという私の見解は、加藤氏の見解とは相反していたようで、同氏の書評には次のように書かれていた。

「氏はまず、マルクス理論の誤りを的確に論じている。しかし経済理論の批判は十分とはいえない。批判するには、従来の論争をさらに越えねばならないからである。むしろ、政治社会構造論批判に本書の特色がある。ただソ連経済の現状批判を随所に指摘しているのはいいが、それがマルクス理論の誤りを指摘することと直ちに結びつくのかどうか疑問ではある。少なくともマルクスは計画経済についてほとんど言及していなかったのだから、現実の欠陥は反証にはなるまい。しかし全体として、マルクス主義思想批判について時宜を得た労作である」

その加藤氏自身の社会主義観は、その三年半後、すなわちソ連が崩壊してから約二年後の産経新聞（一九九三年八月一三日）に、次のように書かれていた。

「工業化社会では、画一的な大量生産方式がその中心だが、資本主義も社会主義もその方式の差に過ぎない。……どちらもその成功によって、物質的豊かさがもたらされ、消費の多様化、価値の多元化を基本とする成熟社会へと移行せざるを得なくなる。……かくて、工業化が成熟社会へ進むにつれて、社会主義も資本主義もその欠陥を暴露してしまったのである」

しかし、社会主義は国民大衆に物質的豊かさをもたらしはしなかった。共産党の特権階級だけに豊かな生活をもたらし、一般国民には貧困と強制収容所をもたらした。そして、「消費の多様化、価値の多元化を基本とする成熟社会」こそは資本主義社会に特有の性質であって、社会主義＝共産主義社会には決してありえない。拙著『資本主義と社会主義』はそのことを明らかにしようと努めたのである（なお拙著『経済学の原理』四一九～頁参照）。

なお、加藤氏の社会主義観は当時の日本の近代経済学者（非マルクス経済学者）たちに共有されていたものらしい。村上泰亮氏も加藤氏の拙著評と同じ頃に、「資本主義と社会主義の対立は、産業化の中の対立であって、トランス産業化〔「何らかの高次の秩序」への移行〕への傾向が強まりつつある現在、もはや世界を動かす重要な対立ではない」（「世紀末の保守と革新」『中央公論』一九九〇年一月号、一三三頁）と書いていた。そのような理解には賛成できない。

畏友の岩野茂道教授は図書新聞（一九九〇年三月一七日）に、次のような迫力のある書評を書いてくれた。

「この書の圧巻はなんと言っても第三篇『共産主義と全般的奴隷制』にある。……著者少年時の原体験から発するソヴィエト体制についての長年にわたる研究と洞察は、読むものをして戦慄させずにはおかないものがある。しかし、本書の真価は実はソヴィエト体制の内部告発にあるのではない。血で血をあがなう『革命』をいまなお起こさざるを得ない社会主義諸国の奴隷制的現実がよって来たる根拠を、理論のレベルでクールに解明している点こそ本書が真に世に問う部分である。」

同君は卓越した現実感覚と学識に基づく洞察力を持つ人である。それを実感したのは「ドル危機」の時だった。日本ではマルクス経済学がまだ優勢だった時の昭和四六年（一九七一年）八月一五日、ニクソン大統領が金一オンス当たり三五ドルの割合でドルを金と交換するというアメリカ政府の国際的約束を撤回した。貨幣は金であるという教義を護持するマルクス経済学者たちにとっては、真の貨幣がこの世から消えたことを意味し、したがって市場も消えるはずだった。今では滑稽なジョークに思えるかも知れないが、内外のマルクス主義者たちは、資本主義の全般的危機が一そう深刻化し、資本主義の崩壊は近いと書きたてた。これに対して岩野茂道教授は、「もともと銀行券の流通根拠は金にあるのではなく……近代的信用機構にあった」のであるから、「国際通貨も次第に金基礎から離脱できるのは理の自然である」（岩野茂道「現代国際通貨危機の基本的性格」『熊本商大論集』第三四号、一九七一年九月）と明確に述べた。ニクソン声明の前に発表された論文でも、「ＩＭＦ体制を基礎づけていた金・ドル体制が、すでに実質的にはドル本位制へと転換している……」「予想される以上に長期間それは続くであろう」（岩野茂道「多国籍企業と『帝国主義論』」同右誌、第三三号、一九七一年四月）と指摘していた（これらの論文は岩野茂道著『ドル本位制』熊本商科大学海外事情研究所、一九七七年に収録されている）。

どちらが正しかったか、今では明白である。資本主義諸国における金本位制の崩壊後と同様に、国際市場でのドルと金との直接的な結びつきを絶ったニクソン声明の後も、世界の資本主義経済はドル本位制の下でますます発展してきた。崩壊したのは共産主義の総本山＝ソ連の方であり、ニクソン声明から僅か二〇年後のことだった。マルクス経済学者たちの主張とは反対に、ソ連の方が文字通りの全般的危機だったのである。

九州大学大学院で二、三年先輩の友岡学さん（当時、長崎大学教育学部教授）も月刊誌『世界経済評論』編集部の依頼によって書評を書いてくれたが、その内容が「編集方針に合わない」という理由で突き返された。次のような共産主義の批判が極端にすぎるという理由らしい。

「現存社会主義（共産主義）のボロを隠しようもなくなって、……マルクス教徒はスターリンに責任をかぶせ、レーニンをかばった。今やそのレーニンも無傷ではない。倒壊中の『一党独裁・民主集中制』……は言うまでもなく、経済破綻の由来はレーニンを通して遂にはマルクスの『プロレタリアート独裁』と……経済的合理主義（交換＝市場）を切り捨てたマルクスにたどり着く。だがマルクス教徒は一歩一歩後退しながら、何としてでもマルクスを最後の命綱として守りたい。〔別行〕金子はこの命綱を見事に断ち切った。マルクスこそが反・非人間的思想の発生源であった。ついでに言えば、特にソ連の改革派といえども、なお強い共産主義志向である……。〔別行〕こうした時機だからこそ、人間尊厳に貫かれた本書の意義は一層高い。将棋・囲碁で交わされる悪手中、後の悪手が致命的であるのが常である。本書は、人類史上の最悪手、共産主義の禍根を最後的に断つ力を備えている」

拙著の内容を忠実に紹介し、過分なほどの評価をしてくれたこの書評が「編集方針に合わない」ということは、拙著自体が「編集方針に合わない」ということであろう。『世界経済評論』の編集者たちはソ連が崩壊するとは夢にも思っていなかったから、極端すぎると考えたのであろう。それは平成二年（一九九〇年）初めの頃だったが、その年の一二月に彼は亡くなり、この書評が絶筆となった。その一年後にソ連は崩壊した。

渡辺利夫氏（当時、東京工業大学教授、後に拓殖大学学長）も文眞堂が発行したリーフレットに、次のように書いてくれた。

「スターリン型共産主義の反人間的性格は、マルクス主義理論からの逸脱ではなく、その必然的帰結であるというのが著者の考え方である。……マルクス理論それ自体がもつ『倒錯の論理』こそが徹底的に解明されなければならないという情熱が、本書のモチーフにほかならない。〔別行〕『自由な人々によって自発的に受け入れられる評価……自由に出入りできる市場において決定される賃金や利潤以外に、……生産活動に対する社会的評価はありえない。共産主義の下でのように、国家権力によって強制的に押し付けられる評価は、独裁政党の権力者たちの私的評価にすぎない。……』〔別行〕このメッセージの正当性は、いくつかの社会主義国が……改革・開放を通じて集権的統制経済の『溶解』を試みざるをえなくなっているという事実によって、そして何よりもこの一年足らずの間に東欧・ソ連圏で発生した共産党一党支配体制のなだれをうつごとき倒潰の事実によって、いちどきに立証されてしまったようにみえる。まことにみごとなタイミングの出版であった」

友岡学さんの絶筆が失われることを惜しんだ岩野茂道君（当時、熊本学園大学学長。後に同学園理事長）は、熊本学園創立五〇周年記念論集（平成四年五月）に載せた論文に、補遺という形でそれを収録している。私の経済学研究は、この二人との議論によって支えられてきた。三人が大阪の阪神ホテルで二、三日合宿して議論したことを懐かしく思い出す。

友岡さんは、日本の諸大学の中で共産主義＝反市場経済論が圧倒的に支配していた昭和三八年（一九六三年）、「交換のない……社会というものはありえない。商品生産を罪悪視して、それを根絶するところに共産主義が完成するというのは、人間を根絶するところに楽園があるということであり、……そこでは、動物的規定性のみの存在はみちあふれるかも知れないが、社会はない」（「価値と市場」『鹿児島県立短期大学商経論叢』第一二号、一九六三年）と書き、人間の本性に従って自然に発生してきた商品交換関係を破壊する共産主義の反人間的性質を驚くほど的確に指摘した。当時の大学では排斥される見解だったことは言うまでもない。

そして昭和四二年（一九六七年）、資本主義は搾取制度だというマルクス理論とは反対に彼は、「『能力に応じて……〔働き、働きに応じて〕受け取る』という社会主義的キャッチ・フレーズは、……むしろ資本主義に特徴的な市場方式にふさわしいものである」と主張して無視されたが、その二三年後、ソ連共産党のゴルバチョフ書記長が同党の中央委員会総会（一九九〇年一〇月八日）で、「各人がその能力に応じて、働きに応じて、という社会主義的原則の可能性は、市場の条件の下で開かれる」（日本経済新聞、九〇年一〇月九日夕刊）と、友岡説と全く同じ見解を述べると、反市場経済論者ばかりだったマルクス経済学者たちは一斉に市場経済論者になってしまった。驚くばかりの素早さだった。日本の学界、とくにマルクス主義者たちがいかに権威主義的であるかを鮮やかに示している例である。

また昭和四七年（一九七二年）、「封建主義と同様に、社会主義の土台は、人々の土地＝領土への緊縛である。緊縛が解かれれば、社会主義は崩壊するだろう」（「受益者負担考」九州経済学会『経済・経営研究』第一〇集、同年九月）と述べたことは、友岡さんの社会観の正しさが比類ないものだったことを実証している（以上の友岡説は、拙著『経済学の原理』の「まえがき」（ⅷ～ⅺ頁）にまとめて紹介している）。

その一七年後の一九八九年一一月九日、人々を共産党独裁国家に緊縛していたベルリンの壁が崩されるや否や、東欧とソ連の社会主義は瞬く間に崩壊してしまったのである。しかし彼は、九州大学に博士号を請求して拒否されたまま、ソ連崩壊を見ることなく、一九九〇年一二月に亡くなってしまった。

ソ連が崩壊したのは、拙著出版の二年後の平成三年（一九九一年）一二月二六日、私がスコットランドのエディンバラに留学していた時だった。「社会主義の土台……人々の土地＝領土への緊縛……が解かれれば、社会主義は崩壊するだろう」という友岡説が発表された時から一九年ほどしか経っていなかった。

第23章　エディンバラ留学――生れ故郷に帰ったようだった

大学における緊張した生活が続いていた頃、翌平成三年（一九九一年）の四月、五八歳の時、外国留学ができるというチャンスがやってきた。脳腫瘍手術の後遺症がいろいろあり、とくに右瞼《まぶた》の麻痺による角膜潰瘍が度々起きて病院通いが続いていたので海外暮らしは無理だろうと思っていたが、畏友の木村勝造さんが「眼科医の紹介状を英訳してやるからぜひ外国を見てこい」と熱心に勧めてくれたので、スコットランド（英国北部）の首都エディンバラに行くことにした。最初はアダム・スミスの母校、グラスゴー大学に行こうと思っていたが、行き先をエディンバラ大学社会科学部経済学科に変更したのも、イギリス人教授の意見を聞いてきた木村さんの勧めによる。エディンバラにはスミスの墓がある。一年間の予定だったが、大学の許可を得て一年半滞在することになった。エディンバラでも眼科医院に通い続けたが、命が洗われるような歳月だった。

同年三月末、妻と共にエディンバラ空港に着くと、思いがけなく美しい婦人が迎えに来ていたので驚いた。社会科学部長の秘書、ジル・ブラウンさんだった。予め借りてくれていた家具付きフラット（アパートを構成する住居単位）に自動車で連れて行かれ、そこには家主の婦人、ヤドヴィガ・ジュランドさんが紅茶を入れて待っていた。七五歳と言ったので私より一七歳上で、自分のことを「バイオ・ケミスト」（生化学者）だと言った。ポーランドで生まれ育ったが、同国では共産党員でないと博士号を取得できないので、スーツケース一つだけ持ってやってきてエディンバラ大学で生化学の博士号を取り、同大学に勤めて定年退職したという。気性は激しいが大変親切な人で、私たち夫婦はすぐに彼女と親しくなった。帰国後も彼女とクリスマス・カードを交換しあっていたので気が付かなかったが、実は彼女は、ナチス・ドイツのゲシュタポがユダヤ人狩りをした時に逮捕されて絶滅収容所行きの列車に積み込まれる寸前、奇跡的に逃げのびた人だったのである。そのことは後で、彼女がクリスマスを祝うようになった理由とともに詳しく述べる。

私たちが住むことになったフラットは一九世紀に建てられた大きな石造四階建てアパートの最上階で、窓からの眺めが素晴らしかった。近くにエディンバラ城や、寝そべっているライオンにそっくりの山「アーサーズ・シート」が見えた。

数日後、下の三階に一人で住む婦人、ヒラリー・マッカラムさんがやって来て、「夜の八時にお出で」と言うので行ってみたら、同じ螺旋《らせん》階段を使う人々がワインパーテイに集まっていた。私たちを紹介してくれるためだったのである。市役所、警察、ホーム・ドクターなどでの登録、銀行口座の開設（当時は小売店でも小切手がよく使われていた）など、私たちには難しい沢山の手続きも、誰かが自動車で連れて行ってくれた。家主のヤドヴィガ・ジュランドさんは、私たちを自動車に乗せて市内を巡回し、街の要所や日用品の店などを案内してくれた。

街で地図を広げていると、必ず誰かが寄ってきて「メイ・アイ・ヘルプ・ユウ?」（お手伝いしましょうか?）と尋ねてくれた。住宅街を歩いて辺りを見回していると、サッカー・ボールで遊んでいた八歳くらいの少年たちから「何処へ行きたいの?」と聞かれたこともある。いま思い出すと、楽園に住んでいる夢のような日々だった。その後一年おきぐらいに同地に行き、平成九年(一九九七年)から一年間のサバティカル(研究のための有給休暇)も同地で過ごすことになる。この時は社会科学研究所から名誉客員研究員として迎えられた。

GP(ジェネラル・プラクティショナー)と呼ばれる開業医=ホームドクターの登録や銀行口座開設の時の申請書類には、信仰する宗教、母親の生年月日や旧姓(メイドン・ネイム)などを書く欄があったので驚いたが、本人かどうかを確かめる時には大変有効であることを後に知る。大阪からエディンバラの銀行宛てに私の預金の一部分をこちらに送金するように依頼状を郵送した時、その銀行から電話が掛かってきて母親の旧姓を聞かれたので答えると、その一言で信用してくれた。

大学では平日の一〇時から三〇分間のコーヒー・ブレイクに教師と大学院生が集まることになっていたので参加した。私は当時はコーヒーを飲まなかったが、一人の院生がすばやく出て行って紅茶を入れてきてくれた。その後スコットランド生まれの娘さんと結婚した彼とは家族ぐるみの付き合いが続いている。(彼は、エディンバラ近郊にあるヘリオット・ワット大学の副学長として、毎年ドバイやクアラルンプールの分校を監督しに回っていたが、すでに学長かもしれない)。また図書館に行ったり、大学の式典や夫人同伴のパーティーなどに参加したりもしたが、それ以外は住居で読み書きをしていた。

空気は乾燥しているし、夏の気温は摂氏二五度以上になることが滅多になく、長袖シャツで過ごせるほどで、読み書きする者にとっては楽園である。ただし、どこでものことだが、そこに住む人たちは同地の利点に気が付いていなかった。また、同地はモスクワよりも北なのに、気温は冬でも、イギリス周辺を流れるメキシコ湾流のせいで滅多に氷点下にならず、二回の冬（一九九一年と一九九七年）を過ごした経験に限って言えば、雪は一冬に一～二回だけ一センチほど降ってすぐ溶けた。私が住む大阪府の方が雪が多い。夏は深夜まで明るく、冬は午後三時に日が沈む。丘に登ると北の空にオーロラが見えるという。

街で売っている食卓塩の容器は日本のようなキャップが付いておらず、穴が沢山ある蓋だけなのに、塩は湿らず一年経ってもサラサラしている。それほど乾いた空気は、満洲育ちの私の体には大変心地よかったが、麻痺した目には最悪で、滞在中ずっと角膜潰瘍に悩まされて医者通いが続いた。そこで処方されたクロロマイセチンやゲンタマイシンなどの抗生物質の点眼薬は逆効果だったので、ソフト・コンタクトレンズを長い間入れられたが、すっきりとは治らなかった。しかも『タイムズ』（一九九一年九月一三日）に、「ソフト・コンタクトレンズを夜通しつける場合に細菌性角膜炎にかかるリスクは、ハード・レンズに比べて二一倍も高く、失明の恐れがあるので、治療以外には使わない方がいい」という趣旨の記事が載った。抗菌剤が余り効かなくなっているのにである。その記事を医者に見せたら、「目蓋を縫うのが嫌ならば、他に方法がないですね」と言われた。やがて、日本から持参した抗生物質のシセプチンに対する耐性菌も強力になって、点眼した途端に大量の目やにが出始め、三〇分くらい後に見えなくなった。ところが一年余り経った頃、私の次男が大阪医大眼科での主治医、菅沢先生に処方してもらった新しい抗生剤のタリビットを送ってきたので、点眼してみると劇的に効いて角膜潰瘍の悩みが消えた。帰国まで五ヵ月ほどが残っていた。

保険診療の医療費は、当時は外国人でも無料だったのは有り難かったが、ホーム・ドクターの医院は患者が殺到していてその日に診てもらえるわけではない。家内の腕が痛くて苦しんだ時は三日待たされた。しかも、そこから病院に紹介されると数週間待たされると聞いた。一九九二年三月の頃、入院が必要と診断されてウエイティング・リストに登録され、一年以上待たされる患者が十数万人、二年以上待たされる患者も一万数千人いると新聞で報道されていた。後に労働党はその人数を減らすと公約して選挙で勝利したが、労働党政権下では逆に二倍に増えたという。少しでも余裕がある人は私的保険に入って自衛していた。

私はクレジットカードに付帯する保険のセンター（パリ）に電話して、私費診療の眼科医を紹介してもらった。ところが私費診療の医者は、スコットランドではロンドンのように多くはいないそうで、診察までに三日かかった。公的保険の診療ならすごく待たされて手遅れになるかも知れない。日本では、病院で何時間か待たされてはしても、その日のうちに診てもらえるから、イギリスよりはるかに良いと思って帰国したら、大学院生たちの論文発表会でイギリスの社会保障制度を絶賛する論文を発表する院生がいたので、驚いて意見を述べた。社会保障にかんする日本の「常識」は全くおかしいように思える。イギリスでは歯の治療には公的保険がなく、全くの私費治療であることも知られていない。私の経験では日本の公的医療保険制度は世界最高だと思うが、その恩恵を受けている日本人自身がそのことを理解していないようである。この貴重な医療制度を大切に守っていかないと後悔することになろう。

なお、二〇一五年からは、外国人が公的診療を受けるためには保険料に相当する「利用料」を払わなければならなくなったという。『産経新聞』（平成二八年＝二〇一六年五月三日）に掲載された岡部伸「曲がり角の社会保障制度」と題するエッセイでは、「昨年から日本人を含む欧州経済領域（ＥＥＡ）以外の外国人に１人年間２００ポンド（約３万１千円）の利用料が課されている。ビザ申請時に家族三人の３年間分１８００ポンド（約２７万９千円）を支払った」と報告されていた。公的診療待ちの行列は相変わらずで、そのエッセイによると、「先日風邪気味だったのでＧＰといわれる家庭医を訪ねると、長蛇の列で丸一日程待たねばならず、やむなくプライベート医院に行った」。これは医者が多いロンドンでのことだから、スコットランドの首都、エディンバラではもっと待たされるし、まして小さな町では更にひどいであろう。

イギリス滞在中に国勢調査を経験したが、その「カントリー」の欄には、住所をＵＫ（連合王国＝イギリス）ではなくスコットランドと記入しなければならなかった。そして、例えばサッカーでも、イングランド、ウェールズ、スコットランドの三地方のそれぞれがカントリーとして、他の諸国と同様にワールド・カップへの出場権のために競い合い、私の二度目の滞在時、一九九八年にはイングランドとスコットランドの二つのカントリーがワールド・カップに出場した。その時の相互の対抗心は凄《すさ》まじく、街中からユニオン・ジャックの英国旗が消えて青地にＸ形白十字のスコットランド旗で一杯になった。若者の集団がその旗を持って毎日、街中を練り歩いていた。学校ではイングランド生まれの子供が苛められ、イングランドでは逆にスコットランド生まれの子供が苛められると新聞に書かれていた。

スコットランドの法律もイングランドとは違う。オックスフォード大学を卒業してロンドンで法廷弁護士をしていた家主の孫息子は、「スコットランドの大学を卒業しないとここでは働けない。スコットランドでは弁護士が少ないから仕事がとても多いのに」とぼやいていた。ただし彼は、今ではQC（Queen's Counsel王室顧問弁護士）という高い地位にいる。

スコットランド人は普通、英語（イングリッシュ）を話すが、スカイ島では公的施設や銀行などではスコットランド・ゲーリック語（ケルト語の一種）と英語が並記されていて、島の北西海岸に近い所で会った人は、家族同士ではゲーリック語を話し、市街地では英語を話すと言っていた。しかし、後に述べるロシアの旅で知り合ったウェールズ人は、「ウェールズ人同士はウェールズ語を話し、ウェールズを出たら英語を話す」と言った。彼の住所、氏名はアルファベットで書かれてはいるが、発音も意味も全くわからない。ウェールズ内の駅名などもウェールズ語（スコットランド・ゲーリック語とは別種のケルト語）であり、その下に英語で書いてある。

リタイアした獣医の彼によれば、「世界中のすべての犬はウェールズ語をしゃべるんだ、この世でも次の世でも」。道理で犬の言葉は分からないわけだ。「そうだったのか。実は世界中の花は日本語をしゃべるんだ。そのことも覚えておいてほしい」と答えると、その夫妻は笑いながら「覚えておくよ」と言った。彼らとはクリスマスカードの交換を続けていて、東日本大震災の時にはいち早く見舞いの手紙をくれた。

スコットランドの民族主義は時たま独立運動として現れる。その噴火がスコットランド独立の是非を問う二〇一四年九月一八日の住民投票だった。スコットランドには三二のカウンシル（地方自治体）があるが、即日開票の実況放送を翌一九日午前一一時（イギリスでは八時間前の午前三時＝サマータイム）からNHKのBS（衛星放送）テレビで見た私は、抜きつ抜かれつの賛否数をはらしながら見守り、比較的大きな都市の投票結果が出てくると、最大都市のグラスゴーを例外として反対票の優勢が揺るがなくなり、ほっと一安心した。スコットランドの人々は賛成票一六二万弱、反対票二〇〇万余、四五％対五五％という賢明な選択をした。もしスコットランドがイギリスから離脱したら、双方の力は経済、防衛、外交などすべての点で決定的に弱くなるし、バスク独立運動やカタロニア独立運動などを抱えてきたスペインなどヨーロッパ諸国にも飛び火して、ヨーロッパを分裂させ、軍事力増強によって領土と領海の拡張を目指している勢力、特に共産中国を利することになるだろう。

エディンバラ空港から一～二時間で行けるヨーロッパ各地に行ってみて、お国柄の違いが分かって面白かった。交通信号が赤の時でもイギリス人は自己責任で道を渡るが、ドイツ人は自動車が走っていなくても例外なく皆立ち止まっていた。また、一九九八年六月、ロシアの巨大なエニセイ河をイルクーツクから北極海に向かって下った時の船には英、独、仏、西、露の五ヵ国語のグループが合計一八四人乗っていて、私は英語グループの中に入っていたのであるが、ドイツ人は仲間同士でも集団としても自己利益の主張が驚くほど激しく、イギリス人が一番つつましかったのは意外だった。船内の催しではドイツ人同士が良い席を取りあって大喧嘩をしたし（イギリス人は譲り合うことが多い）、グループごとにボートでコサック村やタイガなどに上陸した時には、ドイツ人グループが真っ先にボートに乗り、一番最後にボートで帰船して一番長く楽しんでいた。イギリス人グループはいつでも割を食っていたが、仲間内でぶつぶつと不満を言うだけだった。この時の印象は強烈で、私の両国民に対する好感順位は逆転した。

私がエニセイ河下りの船に乗った主要な目的は、シベリアにおける政治犯たちの収容所を見ることだった。先ずツルハンスクに上陸して、帝政時代に流刑になったボルシェヴィキ（後の共産党員）のスヴェルドロフが住んでいた小屋を見た。がっしりと作られた小屋には複数の部屋と立派な机があって住み心地が良さそうだったし、流刑中のスターリンがやって来て寝たベッドにはふかふかの暖かそうな毛皮が敷かれていた。その翌日、北極圏のイガルカに上陸して、スターリンが作った強制収容所の凄まじい痕跡を見た時、この地獄と比べれば、帝政時代に流刑された共産主義者たちの小屋は天国のようなものだと思った。歴史博物館で見た収容所の二段ベッドは薄くて小さい粗末な板で作られていて、大きな体のロシア人であればはみ出しそうだったし、上段のベッド＝板を支えるV字型の細い二本の板は折れそうだった。スヴェルドロフの小屋で見た立派なベッドとは、極端な違いであった。

その強制収容所は北極圏であるから、冬の間は何ヵ月も太陽が昇って来ないで、想像を絶する寒さであるが、囚人たちは容赦なく働かされた。反対に夏は日が沈まない。船上で六月二五日午前〇時に見た空は青かった。鷲か鳶が高い空を悠々と飛んでいて、いつ眠るのか、不思議だった。

この船旅は、一九九七年九月から一年間のサバティカル（研究・旅行などのための有給休暇）の時だった。当時のイギリスの消費税は一五パーセント（現在は二〇パーセント）、ただし食料品はずっと無税なので、船旅より少し前の一九九八年四月末にアイスランドに行った時、消費税が二五パーセントの同地から日帰りの航空便でスコットランドのグラスゴーへ買い出しに行ってもお釣りが出ると聞いた。北欧諸国は何処も食品価格が驚くほど高かった。もちろん日本よりもである。

アイスランドでは、雪が降る氷河でホワイト・アウトを経験した。どちらを見ても真っ白だから、上下や方角を判断することが難しく、方向感覚が無くなる。カーナビを備えた頑丈な日産のジープに乗っていなかったら危なかったであろう。その時に感じたが、当時の日本は、カーナビなしでホワイト・アウトの中を歩いているようなものではないか？　今は少し改善されたが、十分ではないと思う。

なお、二〇〇一年三月に定年退職して九月にアイルランドを一周するバス・ツアーに参加した時にも、国柄の違いにかんして印象的な経験をしたので、ついでに書いておきたい。アイルランドは第二次大戦中、中立国だった。「ナチス・ドイツとは戦いたいが、ドイツに劣らず残酷だったイギリスと同盟することは出来ない」という理由だったという。そのせいか、私を日本人と知った時のアイルランドの人々の友好的な態度に驚いた。西部のゴールウエイに近いダンガール城の売店で絵はがきを一枚買った時には、小銭がなかったので二〇ポンドの紙幣を出したら、中年の男性店主も釣り銭がなかったので、その絵葉書を進呈してくれた。

九月三日にダブリン空港を出発したこのツアーのバスがデリー（一九八四年以前はロンドンデリーと呼ばれていた）を通り過ぎて海岸付近を走っていた九月一一日、バスの運転手が突然ラジオのスイッチを入れ、猛烈な爆音と興奮した声が聞こえてきた。ペンタゴン（アメリカの国防総省）に旅客機が激突した時の実況放送だった。ホテルに着いてすぐテレビのスイッチを入れると、テレビで見慣れたニューヨークのマンハッタンの風景の中で二つの高層ビルを飛行機自体が直撃し、ビルが崩れ落ちる映像が繰り返し現われて唖然とした。

翌一二日、北アイルランドの首都、ベルファストに着いて、カトリック過激派のアイルランド共和国軍（ＩＲＡ）とプロテスタント過激派とが戦ってきたこの地の険悪な空気を肌で感じた。南のアイルランドの人々の穏やかな表情から一変して、人々の表情は硬く、私たちは鋭い目で見つめられた。一三日、ダブリンに戻って一泊、翌一四日の朝、ツアーは終わった。私たち夫婦はエディンバラに戻るために空港へ向かったが、アメリカなど一部の国の空港はテロを警戒して封鎖されたままだったので、そのまま同地に残らなければならない人々が沢山いた。市内のホテルはどこも満員だったから、遠くへ行かなければならない人もいただろう。

一〇年後に私たちも、テロではなく火山爆発のせいだったが、エディンバラ空港で同様の苦労をすることになる。二〇一一年五月二四日早朝、アムステルダム経由で帰国するためにエディンバラ空港に行くと、建物の中はすし詰めだった。アイスランドの火山が爆発して多量の灰が飛んで来たので、全便がキャンセルされたのである。チェック・アウトしてきたホテルはすでに満室、苦労したあげくに別のホテルをやっと探し出した。空港の床に寝た人も大勢いたが、二泊で済んでまことに幸いだった。

さてアイルランド一周のバス・ツアーが終わった翌朝、ダブリン空港の大きな待合室で沢山の人たちに混じって座っていた二〇〇一年九月一四日午前一一時、スピーカーから「これは特別なお知らせです」と前置きして、アメリカにおけるテロの犠牲者への哀悼を表すために「三分間のサイレンス〔沈黙〕」を行うという放送が流れた。騒然としていた空港内がぴたっと静まり、聞こえるのは赤ん坊の声だけ。屋外にいた空港従業員たちも仕事を止めてじっと立ち、頭を垂れている人々も多かった。神父が祈りの言葉を述べ、「アーメン」で終わると、女性の透き通るように美しい歌声が流れてきた。カナダへ帰ろうとしている牧師（ただし定年退職）の奥さんに歌の題名を聞いたら、「私たちにはとてもなじみの深い歌です」と言って「Amazing Grace」と書いてくれた。この時まで、日本でもよく知られているこの歌「アメイジング・グレイス」を私は知らなかったのである。今では原語で歌えるのであるが。

「三分間のサイレンス」はヨーロッパ諸国で一斉に行われた。この時に強く感じたのは、死者を悼む気持が当然ながら宗教と堅く結びついているということである。イギリスで毎年行われる戦死者追悼式の会場は教会であり、女王や首相以下の大臣たち、ほとんどの国会議員も参列している。テレビで中継放映されているその画面を度々見た。アヘン戦争やボーア戦争の戦死者たちも、祖国のために殉じたのであるから当然、追悼の対象である。

どの町にも立っている戦死者慰霊碑は十字架である。日本では首相が戦死者たちを祭る靖国神社に参拝すると、ＮＨＫや朝日新聞を初めとする大半のマスコミが一斉に批判的な報道をし、中国や韓国からの非難を大々的に報道するという異常な状態が続いてきた。米英ソを初めとする連合国が戦争で倒した日本を戦争犯罪国家として裁いた東京裁判の呪縛が、いまだに解けていない。

第24章　エディンバラの人々
――絶滅収容所行き列車から逃げ延びた我が家主、ヤドヴィガの奇跡の生涯

エディンバラには個性豊かで独特の経歴をもち、変わったことをする人が沢山集まっている。アダム・スミスはここで亡くなってエディンバラ城近くにある教会の墓地に眠っているし、『宝島』『ジキル博士とハイド氏』などの作者スチーブンソンはエディンバラ大学卒業、シャーロック・ホームズを主人公とする推理小説の作者、コナン・ドイルも同大学医学部卒業である。一九九六年にクローン羊ドリー（世界初の哺乳類の体細胞クローン。雌）を作ったのはエディンバラ大学のロスリン研究所である。

一九九八年三月、テレパシーや透視を含む「超常」的精神現象を研究しているジョン・ベロフ博士（当時、心霊研究協会副会長、エディンバラ大学専任講師、後に教授）を私たちのフラット（住居）に招いた時、同氏は、エディンバラ大学で猫の心理やテレパシーについて実験研究をしていると言っていた。その際にもらった同氏の編著『パラ・サイコロジー』（井村宏次その他訳、工作舎刊）には、『真昼の暗黒』の作家アーサー・ケストラーが科学的実験にこだわるベロフ氏に反対する立場から寄稿文を寄せている。二人にはユダヤ人であるだけでなく、「超常」的精神現象を認めるという共通性があったが、そのとらえ方が全く違っていた。ケストラーは、コミンテルンの指令

でスペインに潜入し、スパイ容疑でフランコ軍に投獄されて死刑を待っていた時、「全宇宙と相交わり、そこに溶け込んで……『大海原と交わるような気持ち』」になった（『ケストラー自伝―目に見えぬ文字』甲斐弦訳、彩流社、四五二頁）。そのとき感じ取った「高次の実在」は、「それだけがわれわれの生存に意味を与えて」（四五三頁）おり、そこでは「時間とか空間とか因果律とか、自我の孤立、分離、時空による制限などが……ただの幻覚に過ぎ」ず、「目に見えぬ文字で書かれた本である」（四五四頁）とケストラーは書いている。当然、「超常」的精神現象を科学的実験で証明しようとするベロフ氏とは対立することになる。

エディンバラには東欧諸国から移住してきたユダヤ人が多く、すでに述べたように私たち夫婦にとっての家主、ヤドヴィガ・ジュランドさんもポーランド出身のユダヤ人だった。私たちは一年おきにエディンバラに行く度に彼女に会っていたが、二〇一一年五月半ばに会ってから二ヵ月半後に亡くなったという手紙が彼女の娘、マリア・チェンバレンさんから送られてきて、ヤドヴィガさんの孫、マーチン・チェンバレン氏が彼女の劇的な人生について述べたユーロジー（Eulogy＝弔辞）のコピーが同封されていた。その内容は第二次大戦の真相とも深く関わっているので、少し紹介しておきたい。（ユーロジーから引用する文や語句は《　》、私の注記は〔　〕で括る。ポーランド語の人名および地名の読み方は、龍谷大学経済学部教授の細田信輔氏にお教え戴いた。感謝している。なおユーロジーは彼女をファースト・ネームで呼んでおり、私たちもエディンバラではイギリスのその習慣に従っていたので、ここでもそうする。）

ヤドヴィガは、ポーランドの古都クラクフ（Cracow）で一九一五年五月、《世俗的なユダヤ人を両親として生まれた。》父は技術者で実業家だった。牧歌的な子供時代を送ったが、一九三九年九月一日、二四歳の時、突然ドイツ軍がポーランドに侵入してきたので、父はポーランド軍に招集され、彼女たちは自動車で東方へ逃げた。目指したのはクラクフの東二九〇キロ余りのルヴフ（Lvov）、当時はポーランド領だった。「戦前のルヴフには十万人以上のユダヤ人〔住民の二〇％強〕がいて、それが一九四一年六月になると、西から入ってきた難民で十六万人にもふくれあがった。……一九四三年の春には、〔逮捕、虐殺によって〕その数がわずか七千人にまで減っている。」（ロバート・マーシャル『ソハの地下水道』杉田七重訳、集英社文庫、四八頁参照。以下では『ソハ』と略記）。

《彼らがルヴフに着くまでに、すでにドイツ軍はすぐ近くに来ていたが、間もなくソ連軍がやってきた。》ポーランド人には知るよしもなかったが、一九三九年八月二三日、ドイツとソ連は不可侵条約を締結し、それに伴う秘密議定書でポーランドとバルト三国の分割を密約したので、まずドイツ軍がポーランドに侵入し、ソ連軍はそれより一六日遅れて九月一七日に侵入したのである。ルヴフはソ連の取り分だったから、「ドイツ軍は、〔秘密の〕条約で決められていた国境まで撤収した。」（『フルシチョフ回想録』ストローブ・タルボット編、タイム・ライフ・ブックス編集部訳、タイム・ライフ・インターナショナル刊、一三六頁）

ルヴフでは、ヤドヴィガと母は臨時の仕事をしながら生活した。ポーランド軍は一九三九年の冬に解散され、父は徒歩でルヴフにやってきた。ソ連占領下のルヴフのことはユダヤ人のクリスティナ・ヒゲルの回想記『緑のセーターを着た女の子』(Krystyna Chiger, *The Girl in the Green Sweater*, St. Martin's Griffin, New York, 2008.引用は拙訳による) に書かれている。「ソ連は非常に多くの人々をシベリアへ送り、非常に多くの人々がそこで死んだ。」(p.20.) クリスティナの父親も、五〜六人を雇って経営していた洋装店を没収され、「ブルジョアという罪で」(同右頁) シベリア送りになる恐怖に脅えていた。

約二年後の一九四一年六月二二日に独ソ戦が始まると、ソ連軍はルヴフを撤退し、七月一日にドイツ軍が入ってきた(『ソハ』二八八頁)。ユダヤ人はダビデの星(ユダヤ人の象徴)のマークを身に付けてゲットーに集合するように命じられ、ヤドヴィガの家族は一部屋に他の家族と同居した。その頃、《彼女は……ドイツ人が経営するセラミック工場に仕事を得た。そのドイツ人は、彼女が大学卒なのに〔当時、大学卒は非常に少なかった〕、ユダヤ人であるために手作業しか提供できないことを詫《わ》びた。》事件が起こったのは、そこで一年余り働いた後の二七歳の時だった。

《一九四二年八月一〇日、仕事に行く途中で彼女はゲシュタポに逮捕された。多数のユダヤ人が〔不意打ちの一斉逮捕で〕トラックに積み込まれ、鉄道の駅へ運ばれて行く中に入れられたのである。駅に着く前に辛うじて彼女は、雇い主のドイツ人に宛てた手書きのメモと幾らかの金を、通りかかった少年の手の中に何とか押しこむことが出来た。》

《駅に着くや否や、捕まえられたユダヤ人たちはウクライナ人の衛兵隊に囲まれた。しかし、彼女は人の顔を読むことが上手かったし、若くて綺麗だった〔確かに、写真で見た若い時の彼女は美人だった！〕。彼女は〔ウクライナ兵の中に〕親切そうな顔をした二人の若者を見つけ、他の人々の注意が何人かの担架患者たちの方に逸らされていた時、その二人に向かって微笑んだ。すると二人は、彼女を囲みから出して駅の中へ入れた。》

《彼女はなおも大きな危険に曝《さら》されていたが、……断固として生き抜くつもりだった。そして駅のカフェに堂々と入っていった。年配のウクライナ人ウエイトレスは彼女が何処から来たのかを察知したが、直ちに彼女を座らせてコーヒーとタバコを与え、子供〔キリスト〕を抱く「聖母マリア」のメダリオン〔大メダル〕を首に掛けてくれた。だからゲシュタポが入ってきた時、彼女は地元のクリスチャン娘のように見えた。やがて、彼女のメモを受け取った勤務先のドイツ人所長がやってきて、彼女を連れ出した。》

ドイツ軍がルヴフに入城したのは一九四一年七月二九日だったが、反ソ思想と反ユダヤ思想とが広がっていたウクライナ人たちはドイツ軍を狂喜して迎え、ドイツがユダヤ人虐殺にとりかかる前にさえ、六〇〇〇人以上のユダヤ人を殺すポグロムを始めたという（Cf. Krystyna Chiger, op. cit., p.29.）。そのような状況の中でユダヤ人を匿うことは大変な危険を伴ったであろう。ウクライナ人ウエイトレスやドイツ人所長の行動には、敬服の外ない。そして、メモを届けてくれた少年や二人のウクライナ兵も危険を冒していた。

この《一九四二年八月の大作戦》では四〜五万人のユダヤ人が捕まり、《その大多数が直接に絶滅キャンプ《収容所》に輸送された。その中にヤドヴィガの母がいたことを、彼女は間もなく知った。母は面倒を見ていた五歳の孤児ロメックと共に当時暮らしていた小さな部屋から引き出されて、ヤドヴィガが逃げたその列車でベウジェッツ（Belzec）に運ばれ、間もなくそこで二人とも死んだらしい。》

ベウジェッツはルヴフの北七五キロほどの所にある。「一九四〇年、ドイツはベウジェッツの村落近郊に強制収容所を建設。その場所はポーランドを占拠したドイツとロシアの仕切り線上にあたる。……一九四一年から一九四二年にわたる冬、数か月のあいだに最初のガス室が設置され、……〔以下別行〕これがヨーロッパ初、大量虐殺用の死の収容所で、一日におよそ五千人を処理することが出来た。」（『ソハ』二二〇―一頁）

その後、ヤドヴィガは偶然に父と出会い、一緒にワルシャワ〔ポーランドの首都〕へ行って、偽名で偽造の身分証明書を手に入れた。父は土木技師の職を得て他国に派遣された。《ヤドヴィガはさまざまな仕事をしながら自活した。ゲシュタポのための洗濯女になったし、捨てられていた衣類の毛糸でセーターを編んで売った。誰かが彼女の素性を疑い始めて、住居から逃げなければならないことも何回かあった。》長い間、飢えに悩まされた。

《ヤドヴィガは一九四四年夏のワルシャワ蜂起〔八月一日～一〇月二日、レジスタンス勢力の一斉蜂起〕も何とかくぐり抜けた。市街戦や燃える街を、彼女は建物の屋根の上から見て、他の誰とも同じように、ソ連軍が助けに来るのは時間の問題に過ぎないと信じていた〔誤解だったことが後で分かる)。》ソ連の大軍は市内を貫流するヴィスワ川の対岸で動かず、ドイツ軍の思うままにやらせた。その結果二〇万人が犠牲になり、街は徹底的に破壊された。その状況は、アンジェイ・ワイダ監督の映画「地下水道」(一九五七年)に描かれている。共産主義ポーランドの首相、労働者党(共産党)第一書記、そして大統領を歴任したヴォイチェフ・ヤルゼルスキ将軍も、回想録『ポーランドを生きる』(工藤幸雄=監訳、河出書房新社)で、ソ連の赤軍およびソ連仕立てのポーランド師団(ヤルゼルスキ氏はその小隊長だった)が「八月一日、蜂起開始時にワルシャワを望む地点にまで達していた」ことについて語りつつ、「私は政治家としても、軍人としても、ワルシャワ奪取が可能であったと断言せざるを得ない。……おそらくは政治的配慮が最優先したのだ。」(七六―七七頁)と言っている。

ソ連軍が捕虜にした約一万五〇〇〇人のポーランド人将校の大部分が行方不明になって、そのうち四三二一名の虐殺死体がカチンの森(ソ連のスモレンスク郊外)で一九四三年四月、ドイツ軍によって発見された。ソ連はナチスの犯行だと主張し続けたが、ポーランドがソ連犯行の証拠資料をゴルバチョフ[ソ連]共産党書記長の時に発表した結果、九〇年四月、ソ連は謝罪した。このカチンの森事件とは違ってワルシャワでは、ソ連は自分の手を汚さずに、傀儡政権樹立の妨げになるレジスタンス勢力をドイツ軍の手で叩きつぶしたのである。

これらの事件などで、ポーランドの知識階級は壊滅した。「終戦時、高等教育修了者は八万人を数えるのみ[老人を含めてであろう]。……ドイツ軍による大学教員の逮捕……銃殺。カティンの森でNKVD〔ソ連の内務人民委員部＝政治警察、KGBの前身〕に虐殺された将校の多数は知的エリートだった。……一九四四年八月の〈ワルシャワ蜂起〉でもポーランドは多くの知識人を失っている。」（ヤルゼルスキ、同右書、八九頁）

つまりソ連は、共産主義者以外のポーランド知識人の絶滅を図っていたのであって、ドイツ軍によるワルシャワ蜂起弾圧は、棚から牡丹餅《ぼたもち》がソ連に落ちてきたようなものだったであろう。

ソ連軍がウクライナでドイツ軍に連戦連勝しだした時、ポーランド人たちは解放が近づいたと喜んだが、「実のところ……ソビエト軍は、自国の領土にするために、ポーランドをドイツ軍から解放していたのだ。」（『ソハ』二七三頁）スターリンはヒトラーと取り決めたポーランド分割の国境線を、一九四五年のヤルタ会談でルーズベルト米大統領にも認めさせた。「ルーズベルトは……ロンドンにおける反共のポーランド亡命政権の支持を続けるという前年の大統領選挙での公約を裏切って、ソ連がヒトラーとの共謀で占領したポーランド東部のソ連併合を認めた。ポーランドの独立を守るという理由で英仏がドイツに宣戦布告して始まった第二次大戦は、その反対の結果で終わった。」（拙著『毛沢東思想の全体像』、七九頁）

ソ連が占領したポーランドの半分はそのままソ連領ウクライナとなり、ルヴフ（Lvov）はロシア語でリヴォフ（L'vov）と呼ばれることになった。一九九一年にウクライナが独立してウクライナ語が公用語になると、リヴォフはリヴィウ（L'viv）に変わって現在に至り、ルヴフには戻っていない。

ヤドヴィガは、結局のところ故郷のクラクフに戻った。同地はポーランドにはとどまったが、ソ連支配下の共産主義国という点で同じだった。そして一九四六年、戦前の若い仲間で僅かに生き残った一人、アルトゥールと会って結婚、同年一〇月、一人娘のマリアを生んだ。しかし、《反ユダヤ主義がポーランドで再発し》、二人は仕事を失う恐れを抱き始める。夫のアルトゥールはブリティッシュ・カウンシルの奨学金を得てエディンバラに留学し、五八年にはヤドヴィガ（当時四三歳）とマリアを連れに帰った。彼らだけでなく、多数のポーランド人やユダヤ人がエディンバラに移住している。

娘のマリアは成人後、エディンバラの広大な美しい植物園に勤めて博士号を得、大学で講義もしていた。秋になるとスコットランドの野山を赤く染めるヘザーとヒースとの違いは、誰に聞いても分からなかったが、マリアはそれぞれの学名を調べてきて正確に教えてくれた。ヤドヴィガの死後に会った時、マリアはクリスティナ・ヒゲルの回想記『緑のセーターを着た女の子』を私にくれた。《彼ら〔ヤドヴィガたち〕は一九七一年に離婚したが、アルトゥールが二〇〇〇年一月に亡くなるまで、お互いに深く気遣いあっていた。》私たち夫婦が住んでいたフラットの電気器具が故障すると、アルトゥールがヤドヴィガに呼ばれて修理に来た。思い遣り深いという点は同じであるとは言え、気性の激しいヤドヴィガとは対照的に、大変穏やかな人だった。植物学者の彼はエディンバラ大学定年後も、大学キャンパスに立っている小屋に住んで何かを研究していて、私たち夫婦もヤドヴィガに連れられてその研究室を訪れたことがある。

ヤドヴィガは二〇一一年七月三〇日、九六歳で亡くなった。収容所行きの列車から逃れたときから六九年経っていた。チャペル（キリスト教の礼拝堂）で行われた葬式のプログラムには曲名「アヴェ・マリア」が記され、プログラムの裏表紙には、彼女を救ったマリアのメダリオンの写真に添えて、次のような言葉が記されている。《ヤドヴィガの勇気、そして見知らぬ「公正な異教徒〔Righteous Gentileウクライナのキリスト教徒のことか？〕」の勇気が忘れられない。その人が人生を六九年延ばしてくれたお陰で、彼女は子供から曾孫に至る子孫の誇り高い母親〔materfamilias〕になることができた。》

第25章　ソ連崩壊を迎えたマルクス主義者たちの豹変

ベルリンの壁が崩された翌月の八九年一一月に拙著『資本主義と共産主義』を出版してから二年余り経った一九九一年一二月二六日、突然のようにソ連が崩壊した。私がエディンバラに留学していた時だった。日本におけるほとんどの社会科学者、ソ連研究者が、ゴルバチョフのペレストロイカによってソ連は再生すると信じていた中にあって、私はソ連が崩壊すると確信してはいたが、あんなに早く、しかもあっけなくとは思わなかった。しかし外交評論家の那須聖《なすきよし》氏は、すでに一九八六年六月出版の著書『ソ連崩壊』（太陽企画出版）で、「もし西側が現在レーガン政権がとっているような態度、政策を一致してとっていくとすれば、ソ連帝国の崩壊は早くなって一九九〇年前後になるであろう。」（二〇八頁）と言い、拙著と同じ一九八九年一一月出版の『壊滅！ソ連帝国』では、「西側がよほど拙劣な対応をしないかぎり、ソ連帝国は一九九二年末までに、崩壊するであろう」（二一二頁）と言っている。これほど正確に予言した人を知らない。共産主義の本質の正確な理解に裏付けられた予言であることは、「マルクス主義というイデオロギーを明確に国家の指導原理にしたソ連が崩壊したことは、マルクス主義が誤りであったことを証明したことになる。……ソ連の崩壊は……マルクス主義自体の崩壊」（同右書、二二三頁）という指摘を見れば明らかである。

ソ連が崩壊するまでは、日本における大学の教師たちのほとんどが反資本主義、反市場論で、市場の自由競争は弱肉強食の生存闘争であり、遅かれ早かれ崩壊して、「搾取のない」社会主義、共産主義という「進歩的な」制度に取って代わられるという主張が支配していた。その中でマルクス経済学や共産主義を全面的に批判する研究を続けることは、孤立し敵視されることではあったが、ソ連軍占領下の地獄での体験に比べれば物の数ではなかった。

ところが、経済の停滞にたまりかねたソ連や中国が、反市場から市場活用に政策転換をすると、大学の中ではいつの間にか反市場経済の声が小さくなって、私の周囲の風圧も弱くなり始め、ソ連が崩壊した途端になくなった。あっという間のことだった。皆で攻撃していた立場に一斉に転向すれば、学界で孤立する恐れがない。一緒に変われば怖くないということだろう。

ソ連崩壊後のロシアで秘密文書の公開が進み、共産党政権下で何千万人もの人々が殺されたことが明らかにされだしても、ソ連や中国の共産主義は人間解放の進歩的制度だと主張していた学者や知識人たちは沈黙を守り、嵐が通り過ぎるのを待っているように感じられた。日本だけでなく、アメリカでも同様だったらしいが、例外的に自分の根本的な間違いを明確に認めた真摯《しんし》な学者がアメリカにいたことを、福井義高著『日本人が知らない最先端の世界史』（祥伝社）に教えられた。同書によると、「崩壊に至るまでソ連を支持しつづけた米国の高名な歴史家ユージン・ジェノヴィーズ」（一六六頁）は、左翼論壇誌『ディセント』（一九九四年）に発表した論文「ザ・クエスチョン」で次のように述べた。「ソ連崩壊後、自分たちには最も問われるべきことがあるのに、皆が沈黙している。……〔別行〕共産主義運動という『現在、誰もが知っているように、人類を暴力と抑圧から解放するという高貴な努力の結果、我々はわずか四分の三世紀の間に数千万人の死体を積み上げ、大量殺戮《さつりく》の過去の記録をすべて破った』。」（同右頁）

福井義高氏によれば、この論文は、同時に掲載された米国歴史学界の大立者、エリック・フォーナーによる短評で次のように罵倒された。「ジェノヴィーズは……左派の一員だと称しているけれども、その現在の見方と、はるかに多くの共通点を持つのは、一九世紀の（中略）エリート主義的反リベラリズムの長い伝統や二〇世紀の右派イデオロギーの様々な表現である。社会変革へのコミットメントを堅持しつつ、社会主義の歴史を再考しようとする者にとって、彼が列挙する原則など何の役にも立たない。」（同右書、一八九―一九〇頁）。

福井氏は、「ジェノヴィーズのような大家ですら、学界大ボスから罵倒され、あからさまに学者仲間からの排除を宣告される様子を見て、ただでさえ職を得るのが難しいとされる歴史研究者の世界で、その他大勢がどのように行動するかは想像がつく。〔別行〕それは日本の大学と同様の光景である。」（同右書、一九〇頁）と言って、香西秀信《こうざいひでのぶ》元宇都宮大学教授著『「論理戦」に勝つ技術』（PHP研究所、二〇〇二年）に述べられている次のような見解を引用している。「ここで書くべきは、『進歩的』でないと見なされた大学教師が、『大学の内外から』どのような扱いを受けたかということです。何よりも、社会科学や人文科学の分野では、『進歩的』でないと見なされたら、（国立）大学に職を得ることすら困難でした」（同右頁）。

例外はあるにせよ、大ざっぱに言えば、大学の状況はこのようなものであろう。「進歩的」な見解の権威が崩れている一般社会に比べると、イデオロギー的立場が就職に影響する諸大学を核心とする学界は、とくに経済学などの社会科学の分野で既成の階層的秩序が崩れ難く、一般社会の世論よりも遅れて変化する。私が国立ではないにしても私立大学に就職できたのは、まだマルクス主義を全面的には批判していなかったから、かもしれない。

資本主義を根本的且つ全面的に批判するマルクス主義の立場に立っていた人々は、エコロジスト（自然環境保護主義者）やジェンダー論者、反原発論者などに変身して体制批判を続けている。どの大学でもカリキュラム改革や組織改革が盛んに行われるようになったが、日本の「社会科学」は権威主義や付和雷同の学風が改まらない限り、そして真の意味での学問の自由が確立されない限り、衰弱するばかりであろう。

ソ連の崩壊に直面した左翼諸勢力の中で、最も鮮やかな、しかし奇怪な反応をしたのが日本共産党だった。平成三年（一九九一年）九月、日本共産党の常任幹部会は、ソ連共産党が解党に追い込まれたことを「もろ手をあげて歓迎する」と声明し、同党中央委員会の宮本顕治議長が、「日本共産党とソ連共産党は同根でもないし、共通の理念もない」（朝日新聞、一九九一年九月一四日）と語ったことを知って、啞然とした。ソ連が強大に見えた時に主張していた見解とは正反対の見解である。二〇〇四年の同党新綱領は、ソ連を「歴史的な巨悪」とさえ呼んでいる。同党のソ連評価変説史については、評論誌『幻想と批評』第二号（二〇〇四年六月）に掲載された拙稿「日本共産党の新綱領――マルクス・レーニン主義党の偽装」で触れているので、要点を紹介したい。

「一九二二年に設立された後すぐにコミンテルン（共産主義インターナショナル）の日本支部となった日本共産党は、コミンテルン綱領に定められた『プロレタリアートの世界独裁』つまりソ連共産党の世界支配を実現するために活動した。コミンテルンが決定した『日本における情勢と日本共産党の任務にかんするテーゼ』（三二年テーゼ）も、『国際プロレタリア革命の勝利を容易ならしめ』るためのもので、同党は、『帝国主義戦争を内乱に転化し、ブルジョア＝地主的天皇制の革命的転覆を招来する』ことによって『社会主義革命への強行的転化の傾向を持つブルジョア民主主義革命』を断行し、『労働者農民のソビエト共和国樹立』……を通って『プロレタリアートの独裁への移行』に至るという任務を与えられていた」（前掲拙稿、六頁）

要するに日本共産党はソ連共産党が作ったコミンテルンの支部として、ソ連によって与えられた目的――ソ連共産党の「世界独裁」――を実現するために設立され、活動したのであり、つねにソ連の指示に従って活動していたのである。そのことを端的に示したのがコミンテルンの後継組織、コミンフォルム（共産党・労働者党情報局）の「論評」をめぐる出来事である。それについて前掲拙稿「日本共産党の新綱領」は次のように述べている―比較的に長いので、特別に前後を一行ずつ空ける。

「〔一九四五年八月一五日、日本が降伏した時〕日本共産党にとっては、〔共産主義勢力と連合国にとって〕共通の敵、日本を打破し、共産党員を刑務所から救い出したアメリカ軍は、味方であり解放軍だったから、第五回党大会宣言（一九四六年二月）は、『ブルジョア民主主義革命』が『現在進行しつつある』と言い、その完成と『社会主義制度へ』の発展とを『平和的に、かつ民主主義的方法によって』『暴力を用いず、独裁を排し』て行うと述べた。これは明らかにマルクス・レーニン主義に反しており、しかも日本を占領しているアメリカが〔その後ソ連と決裂して〕共産主義の敵に変わっている〔共産主義勢力にとって平和革命論は有害になった〕ことを理解していなかったから、当然、ソ連共産党から叱責を受けた。それは、コミンフォルム……の機関誌『恒久平和と人民民主主義のために！』（一九五〇年一月六日号）に掲載された匿名論文「日本の情勢について」の痛烈な野坂参三批判という形で示され、翌日のソ連共産党機関誌『プラウダ』に転載された。『野坂の「理論」は……帝国主義占領者美化の理論』『マルクス・レーニン主義とは縁もゆかりもない……反民主主義的な反社会主義的な理論である。』

日本共産党の政治局は、『この結論は、人民大衆の受け入れ難いものである』という『所感』（一月一二日）を一旦は発表したものの、中国共産党機関紙『人民日報』（一月一七日）の社説「日本人民解放の道」が「論評」を支持し、「所感」を批判すると、慌てて拡大中央委員会（一月一九日）で野坂に「自己批判」させ、「コミンフォルム機関紙の論評の積極的意義」を認めた。そして翌年、徳田球一書記長以下四人の幹部がモスクワに呼ばれ、スターリンから「日本の解放と民主的変革を、平和の手段によって達成しうると考えるのはまちがいである」と書かれた『綱領――日本共産党の当面の要求』（一九五一年八月）を与えられた。朝鮮戦争の後方攪乱のための軍事方針もその時に提起されたという（兵本達吉「日本共産党の戦後秘史（六）」『正論』平成一五年五月号参照）。

日本共産党は、今だから、コミンフォルム論評は「日本共産党にたいするソ連・中国合作の武装闘争のおしつけをめざす干渉作戦」（日本共産党中央委員会『日本共産党の八十年』一〇一頁）と言うが、当時はひたすら恐れ入ったのであって、「自主独立の党として……ソ連覇権主義の干渉にたいしても断固としてたたかいぬいた」（新綱領＝二〇〇四年）わけでは決してない。

まして宮本顕治は、徳田球一たち主流派以上にソ連共産党を崇める「国際派」だったから、コミンフォルム論評に逆らう「所感」の採択に反対しただけでなく、「共産党・労働者党情報局の『論評』の積極的意義」（『前衛』一九五〇年五月号）という論文で、「『日本の情勢について』および、『日本人民解放の道』は、我が人民、我が党の進路に、明確な光りを投げた」と強調し、コミンフォルムを畏敬しない党員たちを次のように戒めた。「われわれはとくに、同志スターリンに指導され、マルクス・レーニン・スターリン主義で完全に武装されているソ同盟共産党が、共産党情報局の加盟者であることを、銘記しておく必要がある。このソ同盟にたいする国際共産主義者の態度は、つぎの、同志毛沢東の言葉に、よく表現されている。『ソ同盟共産党は、われわれの最良の教師であり、われわれは教えを受けなくてはならぬ』。単に、共産党情報局は、一つの友党的存在という以上に、ソ同盟共産党を先頭とする世界プロレタリアートの、新しい結合であり、世界革命運動の最高の理論と豊富な実践が集約されている。これにたいする認識の態度において、わが党員の中には、ブルジョア民主主義的な、狭く、正しくない態度が見られる」（前掲拙稿「日本共産党の新綱

領」、一一〜一四頁）

このように宮本顕治氏は、スターリンが率いるソ連共産党を誰よりも崇拝していたのに、一九九一年九月、ソ連が行き詰まってソ連共産党が解党に追い込まれると、「日本共産党とソ連共産党は同根でもないし、共通の理念もない」（『朝日新聞』平成三年＝一九九一年九月一四日、）と言い、日本共産党の常任幹部会はソ連共産党の解党を「もろ手をあげて歓迎する」と声明したのである。そしてソ連が崩壊して九年後、二〇〇〇年の党大会はやっと、ソ連は「人間抑圧型の社会体制」だったと認めたが、日本共産党が目指した革命は「人間抑圧型の社会」を作るためだったと認めてはいないし、ソ連は抑圧国家だと言う者を右翼反動と攻撃したことを正当化し続けている。

二〇〇四年の新綱領が、ソ連は「社会主義とは無縁な人間抑圧型の社会」だったと言うのは奇怪である。ソ連が社会主義＝共産主義社会であったことは、まぎれもない歴史的事実であり、だからこそ、日本共産党は結党以来ずっとソ連を指導者として仰いできたのであろう。そして同党は今やっと、ソ連が「人間抑圧型の社会」であったことを認めた。つまり社会主義＝共産主義社会は「人間抑圧型の社会」だったのである。それは、教祖、マルクスが教えるように、共産主義社会は「プロレタリアートの革命的独裁」、すなわちレーニンとスターリンのやり方によってしか実現しないし、存続もできないからである（前掲拙稿、一七頁参照）。

「新綱領がソ連を『歴史的な巨悪』と言うのは正しい。したがって、ソ連を『悪の帝国』と呼んだアメリカのレーガン大統領は正しかったのであり、日本共産党は巨悪の一味だったのである。この道理を認めない日本共産党のソ連批判は如何《いかが》わしい。」（前掲拙稿、一六頁参照）

第26章　「金子さんが殺されないで定年を迎えるとは奇跡」

平成四年＝一九九二年九月、イギリスから一年半ぶりに帰国した時、私は、春が来たわけではないがマロース（厳寒）は終わったと感じた。それからの八年間はかつてのような執筆制限や担当科目などにかんする策略に悩まされることもなく、研究と教育に集中できてとても幸せだった。そして、残り僅かな歳月を無駄にはできないと、急き立てられているような気持で本を三冊書いた。『経済学の原理』（平成七年＝一九九五年）、『経済学的自然観の歴史』（平成九年＝一九九七年）、『人間社会の形成と市場経済』（平成一二年＝二〇〇〇年）で、何れも文眞堂が出版を引き受けてくれた。

もし二つの大学で私が経験したような逆風がなかったならば、私は、また他の教師たちも、研究と教育にもっと集中できて、もっと豊かな成果を上げることができたであろう。

『経済学的自然観の歴史』には熊本学園大学経済学部教授（当時。現在、同大学名誉教授および宮崎大学名誉教授）の中村廣治氏が『世界経済評論』（一九九七年八月号）に書評を書いてくれた。岩野茂道君が頼んでくれたのである。九州大学大学院の先輩である中村さんは、リカードウの研究で知られた経済学史の専門家で、経済学史では素人のような私の考えに賛成できない点も多かったであろうし、私のマルクス批判には納得できなかったかもしれないが、公平かつ好意的な評価をしてくれて感謝している。

平成一三年（二〇〇一年）三月、私は龍谷大学を定年退職した。最後の教授会における挨拶で私は、「滑り込みセーフのような気がします」と思わず言ったが、出席の方々には意味がよく分からなかったであろう。

しかし、桃山学院大学以来の親友で、いつも私を見守り続けてくれた柳田侃《ただし》さんは、「金子さんが殺されないで定年を迎えるとは奇跡だ」と言った。それを、三年前に同じ龍大を定年退職していた木村勝造さんに伝えると、「俺もそう思う」と言った。彼自身、桃山学院大学に勤務していた時、赤軍派を名乗る過激派学生に目を直撃されて失明の恐怖や命の危険を感じたことがあった。

「金子さんが殺されないで定年を迎えるとは奇跡だ」という柳田さんの言葉を思い出すと、エディンバラのフラットの家主、ヤドヴィガが、収容所のガス室行き列車から逃げ延びて幸せな晩年を迎えた奇跡に似ていると気がついた。柳田さんは私を狙った左翼過激派の学生たちが人違いの教授を襲って鉄パイプで負傷させた事件などの危険に満ちた大学生活について言ったのであろうが、ソ連軍占領下の満洲の地獄から生きて帰国できたことも、大山の谷川で四日三晩迷い歩いて力が尽きる寸前に助け出されたことも奇跡であるし、柳田さんが紹介してくれた高橋教授（大阪医大）が脳腫瘍を見つけてくれ、同大学の太田教授の手術によって私の命と頭脳が救われたことも奇跡であろう。その時は気がつかなかったが改めて振り返ってみると、私には奇跡としか思えない出来事が他にも無数にあって、そのお蔭で私は今でも生きている。つまり、私がいま生きていること自体が奇跡なのであろう。奇跡というものは、その時には気が付かないものである。私だけではない。いま生きている人たちは、奇跡によって人間として生まれ、無意識のうちに経験している数々の奇跡によって生きているのかも知れない。

柳田さんは、木村さんのように教授会や学生との大衆団交でも堂々と積極的に発言する人ではなかったが、冷めた目で冷静に観察し、しばしば適切な判断をする人だった。桃山学院大学で一緒に働いた一五年の間、私の行動をはらはらしながら見ていて、自分が桃大から甲南大学へ移る時、私を置いて行ったら危ないと思ったらしい。東大法学部を卒業したのにマルクス経済学者になったのは、私と同様に終戦後の怒濤の中で過ごしたせいか?

実は、彼には二人の息子さんがいたが、長男は大学に入学したばかりの時に自殺したのである。その悲しみを抱えていた彼は、スロベニアの首都リュブリャナに留学して帰る途中でインドを訪れ、ガンジス川の岸で焼葬された死者の灰が沐浴している人々の近くに流されているのを見て衝撃を受け、人生観が一変したという。甲南大学を定年退職した後、同大学の理事を務めていたが、「マルクス経済学の学者から一転してマハルシの真我探究の虜《とりこ》」(『スターピープル』第四号、二〇〇一年冬季号)になり、インドの宗教家、ラマナ・マハルシ(一八七九―一九五〇)のアシュラム(庵があった所、聖地になっている)に自分の家を建て(死後に遺贈された)、日本ラマナ協会会長を務めていた。私が人生の大半をマルクス主義との格闘に費やして、倒錯のマルクス理論を構成している唯物弁証法という名の「論理」が詭弁術であることを明らかにしようと努めたのとは違って、彼は一瞬の悟りによって虚妄の思想を解脱したのであろう。

それは、本書第24章「エディンバラの人々」で述べた『真昼の暗黒』の作者、アーサー・ケストラーがスペイン内戦中、コミンテルンの指令によってフランコ陣営に潜入し、一九三七年二月九日に逮捕されてセビリャの監獄に三ヵ月間入れられ、処刑室へ引き立てられることを予想しつつ三ヵ月間過ごしていた時に感じた気持に似ているような気がする。そこで引用したが、ケストラーは、『私』が存在することをやめ……精神的浸透のごときものによって、全宇宙的プールと相交わり、そこに溶け込んで……『大海原と交わるような気持ち』」（前掲『ケストラー自伝』四五二頁）になったという。その時、彼は「我々の生存に意味を与えている」「高次の実在」が存在することを「確信」したが、それは「人間の言葉でもってこれを把握することはできない。それは目に見えぬ文字で書かれた本である」（同右書、四五三～四頁）と言っている。

『真昼の暗黒』は、ソ連共産党の最高指導部の一員だったブハーリンが、スターリンの始めた大粛清で一九三七年に逮捕され、公開裁判において反革命陰謀を企んだと自白して処刑されるまでをモデルとして書かれているが、ブハーリンをモデルとした主人公のルバショフが一九三三年に南ドイツのある町で、非合法化された党の青年に語った次のような思想は、思想転換以前のケストラーだけでなく、日本を含む世界中の共産主義者（学生時代の私自身を含めて）に抱かれていたことは知っておくべきであろう。

「『党は誤謬を犯さない』と、ルバショフは言った。『私もきみも誤謬を犯すことはある。党は違う。党はだね、同志、きみや私や、その他何千もの人々以上のものなのだ。党は歴史における革命理念を体現したものなのだ。歴史は躊躇しない。逡巡しない。……歴史は己れの道を知っている。けっして誤謬は犯さない。歴史に絶対的信頼を置けぬ者は、党の戦列にはいられないのだ』」（中島賢二訳『真昼の暗黒』岩波文庫、七〇頁）

名だたる革命家たちが、ルバショフのように公開裁判で次々に自白して処刑されていったのも、このような虚偽の思想（唯物史観）に呪縛されていたからであろう。

病院に見舞ってから二ヵ月半後の二〇〇四年八月一六日、柳田侃さんは聖者に会いに旅立った。前に述べたヤドヴィガさんが亡くなったのも、私と会って二ヵ月半後だった。

龍谷大学経済学部では、執筆制限の危機、学部所属の変更や担当科目の変更にかんする策略などで苦労の連続だったが、左翼学生の暴力が放任されていた桃大におけるような危険はなかったし、その桃大において鉄パイプで重傷を負わされる危険を感じていた時も、ソ連軍占領下の満洲の地獄に比べれば大したことはないと思っていた。国家の保護を失っていたあの時とは全く違って、今は自分の国家に守られている。それに気づいていない人が多いと思うが、我々は日本国家によって決定的な安心感を与えられているのである。

そして、龍谷大学は私を救い出してくれたし、苦労が続いた後は留学や研究休暇で何年もエディンバラなどに行かしてくれ、出版助成金を四回も与えてくれた。二三年間勤務した龍谷大学で、最後の一〇年は至福の時だった。それがあったので、人生や社会についていろいろと静かに考えることが出来た。心から有り難く思い、龍谷大学に感謝している。

定年が近づいて、退職後の計画をいろいろと考えていた平成一二年（二〇〇〇年）秋のことだったが、経済学部の事務室から研究室に電話がかかってきて、私に会いたいという人が連絡を待っていると言う。誰かと尋ねると、「共産党参議院議員の秘書、兵本達吉《ひょうもとたつきち》という方です」と言うので驚いた。共産党が一体何のために？　わたしの本に対して文句でも言いに来たのか？　と考えながら指定した一一月二四日午後三時、その人が研究室にやってきた。思いがけず話は四時間半も続き、これによって私の余生の過ごし方が決まることになった。

予想に反して、拙著『資本主義と共産主義』を読んで共感したので話を聞きに来たと言うのでまた驚いた。近いうちにその拙著（一三五頁）にも書いているコルィマ金鉱の強制収容所跡を見に行くのだと言う。冬の二ヵ月間は太陽が全く出てこない極寒のシベリア北東部、気温が零下五〇度になっても囚人たち（殆どが冤罪）は屋外労働をさせられ、死亡率は一年当たり約三〇パーセントだった所である。私とは違って、驚くような行動力を持っている人だった。今度は私の方が彼に共感し、若干の寄付をしたが、それはロシア北東部における共産主義犠牲者たちの記録を残そうとしている人々の資金に回されたという。

兵本さんは、日本海付近で姿を消した多数の人々が実は北朝鮮に拉致されているという真相を一〇年がかりで明らかにし、拉致被害者の家族会を結成するために尽力した人だった。いろいろな人々に会い、さまざまな資料を集めて分析していた。昭和五五年（一九八〇年）一月七日付け産経新聞一面トップに「アベック三組ナゾの蒸発――五十三年夏、福井・新潟・鹿児島の海岸で」と題される記事を書いた阿部雅美記者や、『現代コリア』平成八年（一九九六年）一〇月号に、「私が『金正日の拉致指令』を書いた理由」と題して、「十三歳の少女がやはり日本の海岸から北朝鮮へ拉致された。……学校のクラブ活動だったバドミントンの練習を終えて、帰宅の途中だった。」と韓国の国家安全企画部幹部が話したことを書いた大阪の朝日放送（TV）の石高健次記者との連携が役立った。そして同氏は、平成九年（一九九七年）一月二一日、拉致された少女、横田めぐみさんの父親の横田滋さんに、「お嬢さんは北朝鮮で生きています」と伝え（横田早紀江『めぐみ、お母さんがきっと助けてあげる』草思社、一〇三～五頁）、同年三月、「拉致された八家族を集めて、『北朝鮮による拉致』被害者家族連絡会を結成した。」（兵本達吉「追跡調査　北の海に消えた人達――北朝鮮による日本人拉致事件」『幻想と批評』第六号、七九頁。二〇〇七年二月、はる書房）日本の国民に、同胞の悲劇をもたらした北朝鮮の非道な正体を疑問の余地なく明らかにした歴史的業績である。

日本共産党と北朝鮮とは長い間、「アメリカ帝国主義」や日本政府を共通の敵として戦う戦友のような関係にあったから、その日本共産党の指導部にとって兵本氏は獅子身中の虫だったたであろう。同氏は国会議員秘書退職後に拉致問題解決のために政府に協力する意向があるかと、政府関係者との懇談で打診された――同氏は適任だったはずである――が、拉致問題を餌にして「対共産党スパイ」にするための陰謀にのせられたとして、一九九八年八月、「五回、二十時間にも及ぶ査問を受け、挙げ句、党から除名された」（同右誌、八〇頁、一一〇頁）。当時では最も熱心に拉致問題を追求し、誰も知らなかった真相を解明しつつあった兵本氏に対するこのような仕打ちは、拉致問題の解決を妨害したのと同然である。

その後『正論』や『文藝春秋』などに、拉致問題や共産党批判などを書いていた兵本氏に誘われて、黒坂真氏（当時、大阪経済大学助教授）を含む三人の鼎談を『正論』誌上で二回行ったことがある。二〇〇二年一月号のソ連崩壊十周年記念鼎談「レーニンが確立したテロル制度の自業自得」は私の家で行ない、二〇〇三年四月号の鼎談「なぜか朝鮮労働党との深い関係を隠した共産党八〇年史のウソ」では、私は誌上参加した。その間の『正論』二〇〇二年六月号に、「アメリカの対テロ戦と日本の立場――反グローバリズム論の誤りをただす」と題した拙文を投稿したこともあったが、すべては兵本氏任せの仕事だった。だから同氏が京都大学同窓生の有志の援助を得て、自分が編集する評論誌『幻想と批評』の刊行を始めると、もっぱら同誌への執筆に没頭することになった。

二〇〇四年一月に同誌創刊号が出たが、兵本氏は創刊の辞に、次のように書いている。

「二〇世紀というのは、何と恐ろしい、残酷な世紀であったことだろう。〔以下別行〕二次にわたる世界大戦、ロシア革命、中国革命とヒットラーのアウシュヴィッツ、広島・長崎への原爆投下、つぎからつぎへと鉄と火の暴風が人類に襲いかかり、人類、そう何の罪もない人たちをなぎ倒した」「ロシアで、一九一七年に革命があり、一九九一年に反革命があって、『社会主義の実験』は終わった。この間、七四年間に、ソ連共産党によって殺害された人の数は、六二〇〇万人に達するという（一九九七年一一月六日、ロシア革命八〇周年記念モスクワ放送）。」「いまや、共産主義のありのままの、醜悪な姿を暴露し、共産主義という妖怪にとどめをさすこと、……これが、急務である」

『幻想と批評』は第九号（二〇〇九年七月）まで続いて、出資者が亡くなったので終刊となったが、私はその全号に書くことになり、私の余生は大きな影響を受けることになった。第四号（二〇〇六年五月）からは、世界的なベストセラーになったユン・チアン&ジョン・ハリディ『マオ――誰も知らなかった毛沢東』（土屋京子訳、講談社、二〇〇五年）の書評を書くように兵本氏から勧められ、五～六号分に渡っても構わないと言われたことに気を良くして、「『マオ』の衝撃――中国共産党製の歴史の全面的破壊」と題する拙文を書きはじめ、予定の半分に至った第九号で『幻想と批評』は終わった。

その頃には毛沢東思想についての考えは煮詰まっていて、それを一冊の本にまとめ自費出版したのが拙著『毛沢東思想の全体像――本質と歴史・井崗山から核大国へ』（東洋出版、二〇一一年）である。三編構成、全四二章から成り、前半の二〇章が『幻想と批評』に掲載された文章を補正したものである。

最終校正を送ってエディンバラへ旅立ち、帰ってから出来上がった本を見て驚いた。目次に各章の題名が載ってはいるが、肝心の頁が載っていない（目次の校正をした時に頁が書いてなかったのは、本文の頁が確定した後に記入するからだと思っていた）。せめて本文の各頁の上（天井）に第何章かを書いてあればいいのだが、それもないから、目次を見て目当ての章にたどり着くまでには著者の私自身でも時間がかかり過ぎる。このような本を見たのは初めてなので、予想もできなかった。小説ならばいいのかも知れないが、この標題のような本の作りとしては大失敗だった。しかも人名の誤字・誤植という私自身の落ち度もかなりあった。再版できればいいのであるが、私の本は最初の『資本主義と共産主義』以外は再販が必要になるほどは売れない。

拙著『毛沢東思想の全体像』の印刷を見て気落ちしていた時、意外な知らせがやってきた。二三年前に拙著『資本主義と共産主義』を支援して下さった小島宣夫《のぶお》氏が理事長を務める国際言語文化振興財団が、二〇一一年度国際理解促進図書優秀賞を授与してくれるというのである。全く思いがけないことで、「まさか」と思った。同年一〇月二八日に東京の日本プレスセンタービル一〇階Bホールで開催された授賞式では、審査委員長である渡部昇一氏の講評を聞いた後、小島理事長から賞状を頂き、櫻井よしこ氏の記念講演を聞いた。

最優秀賞を受けた『日本統治時代を肯定的に理解する』（草思社）の著者の朴贊雄〔パク・チャンウン〕氏は二〇〇六年にカナダで亡くなっていて、優秀賞を受けた他の三人が出席して挨拶をさせられたので、私も次のように述べた。

「私はおよそ名誉とは無関係な人間だと思っていましたので、この賞を頂けると知って大変驚き、まことに有り難く思いました。そして最優秀賞の朴贊雄〔パク・チャンウン〕さんの御著書を拝見し、こんなに面白く貴重な歴史証言で一杯の、しかも爽やかな本と一緒に表彰されることをとても光栄に思いました。

私の拙い本の原点は共産主義の体験です。中学一年の時、私は満洲の奉天、現在の〔中国の〕瀋陽で終戦を迎えましたが、その数日後にソ連軍がやってきて、平和な都市は地獄に一変しました。略奪、暴行、強姦の嵐が七ヵ月余りも荒れ狂い、私たちは家を追い出され、布団や茶碗以外のほとんど総て、もちろん時計もラジオも奪われました。避難先でも何回か襲われ、一二歳だった私は母親をどうやって隠しどう守るか、必死でした。

個々のソ連兵だけでなく、ソ連軍自体が略奪軍で、満洲のあらゆる設備、機械や物資を略奪し、元日本兵を極寒のシベリアへ連行して働かせ、酷使して何万人も死なせました。

そして翌年一〇月、私は地獄から這い上がるような思いで憧れの祖国に引き揚げてきましたが、その途端、『ソ連軍は解放軍だ、ソ連こそが憧れの国だ』といわれて仰天し、私の体験を幾ら話しても、それは全体を見ない、一部分しか見ない井の中の蛙《かわず》と同じ見方だと一蹴されました。ありのままに見た事実を偽りの外観と見なし、事実の逆さまを真実と理解する唯物弁証法が知識層に蔓延《まんえん》していたのです。

その衝撃で私は共産主義の研究に駆り立てられ、かつて『資本主義と共産主義』という拙著を書きましたが、今度の本はその続きのようなものです。中国政府が信奉し指針としている毛沢東思想は、レーニン、トロツキー、スターリンのものと全く同じ共産主義思想であることを書きました。

唯物史観と呼ばれる共産主義の歴史哲学は、人間の本質も物質であると理解し、共産主義社会を組み立てる材料と見なしています。だから毛沢東は、何百万、何千万の人々を産業廃棄物のように処理したのです。一九五八年の共産党大会で毛沢東は、『原子戦争』で資本主義が消滅するならば、人類の半分ないし三分の二が死んでも『悪いことではない』と主張しています。トロツキーはレーニン政権の軍事人民委員だった一九二一年、『人間の命は神聖だという原則は、隷属する奴隷をつなぎとめるための最も卑劣な嘘である』と主張しました。このように、共産主義は人道主義を敵視し、憎悪する思想です。

毛沢東思想の中国に支配されるとどうなるかは、チベット族やウイグル族を見れば分かります。それはフルシチョフがスターリン批判演説で述べたチェチェン人やイングーシ人、また、かつてソ連に併合されたバルト三国などと同じ状態です。ソ連軍の占領を体験した私には、チベットやウイグルの苦難は対岸の火事と思えませんが、政府も国民の多くも、身近に迫っている火事に気付いていないようです。このままでは、日本は中国の自治区になって中国人の大群が押し寄せ、日本人はチベット族のように少数民族にされるかもしれません。『日本列島は日本人だけの所有物ではない』という鳩山由紀夫氏の主張が実現するでしょう〔鳩山由紀夫氏が民主党幹事長だった時の二〇〇九年四月一七日、「ニコニコ生放送」での発言。その五ヵ月後の二〇〇九年九月に鳩山氏は民主党政権の総理大臣に就任し、翌年六月に辞任した。〕

今から一六年前の一九九五年頃、当時の中国の李鵬首相はオーストラリアのキーティング首相に、『あと三〇年もしたら、あの国〔日本〕はつぶれるだろう』と言いましたが、それは日本をつぶすという方針の表れと見るべきでしょう。実際、毛沢東が一九五八年に語った太平洋を支配する構想は、いま日本周辺での中国海・空軍の活発な活動として現れてきました。ヨーロッパ諸国はその中国に競って武器を売り込んできましたし、アメリカのアジアにおける軍事力も、二〇二五年頃には中国より劣勢になると予測されています。まさに李鵬首相が予言した年にです。

それまでに日本が自分で自分を守る力、中国の核兵器を抑止できる防衛力を持たなければ、李鵬予言のとおりになるでしょう。これからの一五年で日本の運命が決まる、これが拙著で強調したかったことです」

訥々《とつとつ》と話したが、小島宣夫氏は「よかったですよ」、渡部昇一氏も「同感ですな」と言ってくれた。その後の中国の動静はこの本に書いたとおりで、受賞の名誉を傷つけずに済んだと思う。しかし、「これからの一五年」と言った時から八年近い歳月が過ぎて、僅か七年余しか残っていない！

かつて産経新聞の名物コラム「産経抄」で名高かった石井英夫氏が月刊誌『正論』(平成二三年＝二〇一一年九月号）に好意的な書評を書いてくれた。大変有り難かった。

ところが授賞式から四年余り経った二〇一五年の暮れ頃、小島宣夫氏は肺炎を患い、翌二〇一六年二月四日に亡くなった。同年四月二三日、東京の日本プレスセンター一〇階の大会議室で開催された「小島宣夫さんを偲ぶ会」に私も出席した。奇しくも四年半前に小島理事長から賞状を頂いた思い出の部屋だった。

しかも、その一年後、二〇一七年四月一七日に渡部昇一氏が亡くなったのである。同氏は自分流の健康法を実践していて大変元気そうであり、相変わらず明晰な同氏の評論でも、その頭脳にはいささかの衰えも感じられず、日本のために心強く思っていたので大変な衝撃を受けた。

同氏の夫人、渡部迪子《みちこ》さんは私が満洲にいた少年時代に通っていた奉天葵小学校で三学年下の同窓生だったことを知らなかったが、同窓会が解散された二〇一〇年一〇月より一年前の総会の時に夫人の同期生、内田淑子《よしこ》さんに紹介されて知り合った。その夫人に、次のような弔電を送った。

「ご主人様のご逝去を知り仰天しています。謹んでお悔やみ申し上げます。渡部先生の巨大な学識に基づく確固たる信念と爽やかな言論のお蔭で日本の心は蘇りました。心から感謝しつつご冥福をお祈りいたします。奉天葵小学校〔昭和〕二〇年卒業、金子甫」

平成二三年（二〇一一年）に拙著『毛沢東思想の全体像』を出版し、国際言語文化振興財団理事長の小島宣夫理事長から国際理解促進図書優秀賞を受けていなければ、私は小島宣夫氏にも、審査委員長の渡部昇一氏にも全く会わないまま人生を終わることになったであろうし、その受賞の二年前に渡部氏夫人に紹介されていなければ、弔電を夫人に送ることもなかったであろうと思うと、私にとっては不思議な運命の糸を感ずる。

運命と言えば、私は何時の間にか断崖すれすれのところにいて、転落しても不思議ではなかったのに何回も転落を免れてきた（本書に書いていないものも何回かある）。大学紛争時代の桃山学院大学では、私を狙って教員控え室にやってきた暴力集団と二〜三分の差で出会わず、気の毒なことに別の教師が私と間違えられて鉄パイプで殴られ、全治三ヵ月の怪我を負わされた。私本人だったら少なくとも全治六ヵ月にはなったでしょうと、その場で見ていた教師に言われたが、もっと重い怪我だったように思える。数々の奇跡的な偶然、もしかしたら運命のせいで、少年時代からの悲願であった共産主義批判のために、本書は別として五冊の拙著を出版することができた。

私が生涯をかけた仕事を達成するまでは決定的な危険は避けようと努めていても、危険の方が近づいてくることがあったし、大山で遭難した時のような許し難い失敗をしたこともあったが、いつも偶然、もしかしたら奇跡によって救われてきた。ところが、十分に用心している人々が不慮の事故に遭っている。例えば朝の登校時、安全には十分に気をつけながら整然と並んで歩道を歩いている小学生たちの集団に自動車が突っ込み、何人もの子供が死ぬという痛ましい事故が起きたことがある。私とは違って、何の落ち度もない子供たちなのに、何たる不条理！

しかも私はソ連軍占領下の地獄を経験し、一二歳から一七歳頃までの成長期には空腹と栄養不足に苦しみ、いろいろな病気に取り付かれたので、あまり長くは生きられないと思っていた。ところが、例えば脳腫瘍の手術を受けた時に見舞いに来てくれた友人、知人たちが先に逝き、私の方が生き残っているのは不条理な感じである。

しかし、実際に生きている私たち自身が、自分の運命について不条理かどうかを判断する能力をもっていると考えるのは不遜なのかも知れない。人生というものは考えれば考えるほど分からなくなる。生きている限りは、自分では分からない運命、もしかしたら多少の使命があるのかもしれないと思って、生き抜いて行くしかない。

補足編

第27章　「世界共産主義」を目指す毛沢東思想の国家

今のところ、国内だけを見れば、日本ほど安心して暮らせる国はないように見えるが、この国を地獄に一変させるかもしれない脅威、共産中国と北朝鮮の脅威が迫っている。今でも百数十人の日本人が暴力的に家族から引き離されて北朝鮮に拉致され、地獄で暮らしているし、一九九五年頃に中国の李鵬首相（当時）が「あと三〇年もしたら〔二〇二五年頃に〕あの国〔日本〕はつぶれるだろう」と言ったその期限が迫っている。

国家権力による保護を失った人々がどんなに悲惨かということを、私は七三年余り前の敗戦で思い知った。ソ連軍の占領によって地獄になった満洲（現在、中国の東北部）にいた私たち家族が一年数ヵ月後に帰国できたのは奇跡的な幸運に恵まれたからだと思える。そのような経験がない人でも、シリアのアサド政府軍とロシア軍によって爆撃されている反政府側の住民たちの様子を衛星放送で見れば、日本に迫りつつある脅威が分かるはずである。人々は食料不足で飢えている上に、連日の爆撃によって、多くの子供たちを含む何十人、何百人もの人たちが毎日のように死んでいる。

中国が護持する毛沢東思想の核心は、拙著『毛沢東思想の全体像』が国際言語文化振興財団から優秀賞を与えられた授賞式の際の挨拶で強調したように、まぎれもなく共産主義である。習近平政権が偉大な民族の復興を唱えるのは、世界で孤立しつつある共産中国にとって、漢民族を主軸とする中国人たちを同政権に引き付けるための装いが当面必要だからであろう。ソ連がナチス・ドイツに攻め込まれて危機に瀕した時、スターリンが大ロシア民族主義に訴えたようにである。しかし、すでに述べたように、毛沢東思想を信奉する共産中国の終極目標は、全世界を共産主義化して「地球管理」をすることである。拙著『毛沢東思想の全体像』で、私は次のように述べた。

「原爆保有の軍事大国を目ざす『大躍進』を決定した第八回党大会第二回会議（一九五八年五月）で毛は、『原子戦争』で人類の半分ないし三分の二が死んでも『資本主義がすっかり消滅するのとひきかえに、永遠の平和（世界の共産主義化）をかちとることになれば、これも悪いことではない』（『毛沢東思想万歳』東京大学近代中国史研究会訳、上、二八三頁）と述べた。そしてこの会議の直後に、差し当たりは日本を含む周辺諸国や太平洋の支配を目指し、将来は『地球管理委員会』を作って世界全体を管理するという趣旨の構想を語った（拙著『毛沢東思想の全体像』一三八頁参照）。

毛沢東は、コミンテルン綱領が掲げた『世界独裁』を『地球管理』と表現している。「毛の言動がどのような中国的特徴を帯びていようと、彼はレーニンやスターリンと全く同じ思想によって同質の共産党独裁を実現し、さらに『プロレタリアートの世界独裁』（コミンテルン綱領）を目ざした共産主義者であって、毛沢東思想の本質は共産主義思想である。〔別行〕毛沢東思想を受け継ぐ者は、毛の構想も受け継ぐに違いあるまい。その最終目標は、周辺諸国を併合した中華帝国のように小さなものではなく、コミンテルン綱領が『終局目標』として掲げた『世界共産主義』を骨格とする中華世界であり、その総本山として君臨することであろう。」(同右書、七頁)

一九五八年当時の中国の経済力や技術力、軍事力からすれば、毛沢東の地球管理構想は途方もない大言壮語に思えたであろう——普通の常識で判断すれば。しかし共産主義の唯物史観に立てば、展望は全く違ったものになる。世界史上初の共産主義国家を樹立したロシア共産党の指導者たちによれば、「人命の神聖という原則は、隷属する奴隷をつなぎとめておくことを目的とする最も卑劣な嘘である。」(トロツキー)「共産主義者の倫理は、階級闘争の利益に従属する。」(レーニン)このように人道主義という「ブルジョア思想」に拘束されない立場に立てば、中国の莫大な人的資源を駆使して経済力や工業力を急速に発展させ、資本主義諸国に追いつき、追い越すという展望が開けるであろう。事実、毛は人命を惜しむことなく国民を酷使し、そして三八〇〇万人もの人が餓死するほどに徴発した食糧を輸出して稼いだ資金によって原子爆弾を製造し、軍事力を増強することができた。人道主義に全く拘束されない共産主義者にとっては、莫大な人的資源の支配は決定的な利点であった。だからこそ中国は急速に核兵器を獲得し、軍事大国になりえたのである。戦前の日本が「人口過剰」に悩んだのとは逆である。

アメリカの中国理解は全く的外れだった——かつての同国の日本理解やソ連理解が的外れだったのと同様に。ソ連に対抗する連携を作るためにニクソンが訪中した時(一九七二年二月二一日〜二八日)、キッシンジャー国務長官はその事前準備を含めて数回北京を訪れたが、「キッシンジャーは毛の計略にまんまとはまり、ニクソンに、『中国は英国に次いで、世界観がアメリカに近い国かも知れない』と告げた。中国の戦略を疑う気持ちはみじんもなかったようだ。」（マイケル・ピルズベリー著『China 2049 秘密裏に遂行される「世界覇権100年戦略」』野中香方子＝訳、日経BP社、九六頁）しかし本当は、「毛の計略にまんまとはまり」ではなく、むしろ彼自身の個人的利益に適合していたのかもしれない。

ニクソン政権の時から中国問題の専門家として政府機関で働いてきたマイケル・ピルズベリー氏によれば、一九八九年六月四日、天安門で学生たちが虐殺された後でさえ、「自宅軟禁に置かれているかつての改革派指導者、趙紫陽や……胡耀邦を讃えようとする人は、アメリカ政府にはいなかった。……〔別行〕当時のわたしは相変わらず、鄧小平と江沢民は真の改革者だと思っていた。」（同右書、一三九頁）

また天安門事件から六年後の一九九六年、ピルズベリー氏がアメリカ代表団に加わって訪中した時、「中国は経済と政治の深刻な危機に直面し、崩壊の危険性が高まっていると聞かされた。……私は彼ら〔中国の学者たち〕の率直さと悲観的な予測に驚き、このひ弱な中国を助けなければと、アメリカ政府にいっそう強く働きかけた。」（同右書、一七〜八頁）。そして、「選挙制の導入、反体制派の解放、法による支配の拡張、少数民族の公正な扱いについて、アメリカが圧力をかけすぎたら、中国は崩壊し、ひいてはアジア全体が混乱に陥るという不安を、多くの人が表明するようになった。」（同右書、一八頁）ところが、「わたしたちが中国の苦境を心配しているうちに、その経済

は、倍増どころではない規模の成長を遂げていった。」(同右書、一九頁)

中国の急速な経済成長は軍事力の強大化と特権階級の富裕化に貢献し、世界支配の前段階として太平洋を支配するという毛沢東戦略の半分が水面下から浮かび上がってきた。大連で改修した旧ソ連空母ワリャーグ(五万八五〇〇トン)はすでに就役し、二隻の中型空母(四万~六万トン級)の建造も進んでいる(拙著『毛沢東思想の全体像』一三九頁参照)。そして二〇〇七年五月、米国太平洋軍司令官のキーティング海軍大将が訪中した時、「中国の海軍幹部〔揚毅少将〕は、『われわれ(中国)が航空母艦を保有した場合』として、ハワイ以東を米国が、ハワイ以西を中国が管理することで、『合意を図れないか』と打診してきたという(『産経新聞』〇八年三月一三日、東京版では三月一二日)。これは日本の管理をアメリカから引き継ぐという提案に等しい。米側は拒否したそうであるが、中国の提案(proposal)をいち早くに報じた『ワシントン・タイムズ』紙(〇七年八月一七日)は、情報機関を含む米政府内の親中派には好意的な空気があったことも報じている(『産経新聞』〇七年八月二〇日、共同)。」(同右拙著、一三九頁)

この空気に呼応するかのように、「二〇〇九年一月、米中国交回復三〇周年を祝うためにカーター元大統領……ら大型米代表団が訪中した時、ブレジンスキー元大統領補佐官は、一月一三日北京でのシンポジウムで、『持論の「(米中2ヵ国による) G2〔二極体制〕構想を展開、米側には米中一体を表す……チャイメリカ……という表現も登場した』(同右紙、〇九年一月一六日、斉藤正記者)。」(拙著『毛沢東思想の全体像』一四四頁)ブレジンスキー氏のソ連観は厳しく適正であることに感銘したことがあるが、この甘い中国観は別人が語ったように感じられる。中国がソ連と同じ共産主義国であることを理解していないかのようである。

親中派は反日であり、反日とは言えない人でも、警戒すべき国は中国ではなく日本だと考えているように思える。ブレジンスキー氏が一九九七年秋、『フォーリン・アフェアーズ』に書いた論文「ユーラシア大陸に対する戦略地政学」によれば、日本は事実上「アメリカの保護国」（Zbigniew Brezinski, *A Strategy for Eurasia*, Foreign Affairs, September / October 1997, p.58.）であって、独自の野心を持つことなく「アメリカと新しい世界的関心事〔つまりアメリカの世界戦略〕について緊密に協力すること」（Ibid.,p.62.）が必要であり、「アメリカの政治的手腕で、その方向に日本を操縦すべきである。」（Ibid.）「方向を見失った日本は、浜に打ち上げられてのたうち回る鯨のようなもので、頼るものもないが危険であろう。」（Ibid.,p.63.）

米国要人の中で親中派のトップは、ニクソン大統領の補佐官、後に国務長官だったキッシンジャー氏であろう。遠藤誉氏によれば、「キッシンジャーは1982年に『キッシンジャー・アソシエイツ』というコンサルティング会社を設立。やがて中国に進出したいアメリカ企業だけでなく、アメリカに進出したい中国企業もキッシンジャーに相談するようになり、その『仲介料』として莫大な資産を……手にするようになる。」（遠藤誉『習近平vsトランプ』飛鳥新社、四八頁）

「彼〔キッシンジャー〕の仮面の下には徹底した嫌日家の顔があることを忘れてはならない。彼なら平気で日本を裏切り、トランプに米中同盟を結ばせようとするくらいなことはやりかねないの

である。」（同右書、六五頁）

キーティング大将が訪中した時に中国海軍・揚毅少将によって提案された米中両国による太平洋分割統治構想は、二〇一二年に国家副主席として訪米し、二〇一三年には国家主席として訪米した習近平氏によっても提案された。そして習近平氏は米中の「新型大国関係」を提唱し始めたが、それはブレジンスキー氏が提唱したＧ２構想に助けられた感じである。

また、中国は、日本領土の尖閣諸島を中国の領土だと主張して日本領海に度々侵入しているだけでなく、公海である南シナ海の大半を九段線と称する線で囲んで中国の領海だと主張し、その中のスプラトリー諸島（南沙諸島）海域における七～八箇所の岩礁に人工島を造成して軍事基地を建設した。また大連で建造していた空母のうち一隻を二〇一七年四月二六日に進水させ、試験航行を経て二〇二〇年ごろの就役を目指すという（『産経新聞』一七年四月二六日夕刊）。

共産中国が抱いている世界支配構想は、軍事的分野での実現計画と並行して、輸送・交通および経済的分野でも実施されつつある。それが「一帯一路」構想とアジアインフラ投資銀行（ＡＩＩＢ）である。「『一帯』は中国から中央アジア、中東を通ってヨーロッパに達する陸上の経済ベルト（帯）を指し、『一路』は南シナ海やインド洋を経てアフリカに達する海上の経済海上路を指す。」（遠藤誉『習近平vsトランプ』一五八頁）この経済路は直ちに軍事的輸送路になる。

二〇一一年三月に開通した「渝《ゆ》新欧《しんおう》」鉄道は重慶（渝）――新疆ウイグル地区――デュースブルク（独＝欧）を直結する全長一万一一七九キロの路線である（同右書、一六六頁、一六九頁）。「この路線を使えば……海に出る必要もなく、それまで38日間かかった旅程も、16日に短縮される。途中でいくつもの国境を越えるので、その度に運行規則が変わり、運転手を換えるので16日間かかってしまうという。全長750メートルの貨物列車が、週3回ほど往復する。〔別行〕世界有数の河港を持ち、ルール工業地帯の要衝《ようしょう》であるデュースブルクには、重慶市からだけでなく、北京市および上海市からも直通の列車が出ている。」（同右書、一六九頁）

「中国は、この一帯一路のため五百億ドルを超える『シルクロード基金』を独自に準備」（山田吉彦「尖閣に実効支配体制を」『WiLL』二〇一七年一〇月号、二一三頁。以下では山田論文と呼ぶ）した上で、AIIBを立ち上げたのである。これを報じた山田論文によれば、中国は「二十一世紀海上シルクロード」の中心にあるマラッカ海峡が、「いままで航行安全施策に尽力してきた日本や米国が強い影響力を持つため、……〔同海峡〕利用の代替策」（二一五頁）として、アラビア海に面したパキスタンの「グワダル港の運営権を四三年契約で獲得し租借地としている。さらに、中国新疆《しんきょう》自治区のカシュガルからグワダル港に通じる総延長約三千キロに及ぶ道路・鉄道、パイプラインなど総額四百六十億ドルに上るインフラ整備を計画している。〔別行〕パキスタンは、陸路と海路の結節点として一帯一路の要衝で……中国の管理下に置かれていると考えるべきであろう。」（二一四頁）

「ミャンマーでは、アウン・サン・スーチー氏が影響力を持つようになると、……中国との関係は再び緊密化している。〔別行〕今年〔二〇一七年〕四月、中国の雲南省昆明《こんめい》とミャンマー西部の港を結ぶパイプラインが稼働し、……マラッカ海峡を通過せずに中東から輸入する石油を中国本土に送ることが可能となったのだ。」（同右頁）

「さらに、タイ南部のクラ地峡において、ベンガル湾と南シナ海を直接に結ぶ運河の建設を計画しているのである。マラッカ海峡の重要性を削《そ》げば、アジアの物流は中国がその主導権を握ることになるのだ。」（二一五頁）

他方、中露首脳は二〇一五年五月八日、一帯一路構想にユーラシア経済連合（露、カザフスタン、ベラルーシ、アルメニア、キルギス）を連携させる共同声明を発表した（同右書、一五九頁）。それどころか、一帯一路構想を金融面で支えるためのＡＩＩＢに、英、仏、独などのヨーロッパ諸国が雪崩を打つように参加した。中国の金の魅力に吸い寄せられたのであろう。フランス出身のラガルドＩＭＦ（国際通貨基金）専務理事は、「いずれＩＭＦの本部が現在のワシントンから中国の北京に移転するかもしれない」とさえ発言したという（遠藤誉、前掲書、二〇七～八頁参照）。今のところ、日米はＡＩＩＢに参加していない。

アメリカの政治家や学者たちの一部は、最近ようやく中国の覇権活動に目を向け始めはしたものの、それをアメリカのアジアおよび世界における覇権に対する挑戦としてのみ理解していて、共産主義特有の深刻な脅威を理解していないように思える。例えばピルズベリー氏は、次のように言う。「これらのタカ派〔ナショナリスト〕は、毛沢東以降の指導者の耳に、ある計画を吹き込んだ。それは、『過去１００年に及ぶ屈辱に復讐すべく、中国共産党革命１００周年に当たる２０４９年までに、世界の経済・軍事・政治のリーダーの地位をアメリカから奪取する』というものだ。この計画は『100年マラソン』と呼ばれるようになった。共産党の指導者は、アメリカとの関係が始まった時から、この計画を推し進めてきたのだ。そのゴールは復讐、つまり外国が中国に味わわせた過去の屈辱を『精算』することだ。」(p.12.一二頁)

しかし、中国共産党の本当の「ゴール」は、「復讐」とか「300年前に誇っていた世界的地位の回復」(一三頁)とかのように小さく、低レベルのものではない。毛沢東思想＝共産主義を信奉する共産中国は、当然、レーニンによって創設されたコミンテルン(共産主義インターナショナル)の綱領に述べられた「国際社会主義革命」による「プロレタリアートの世界独裁」を経て、「共産主義インターナショナルの終局目標——世界共産主義」を実現することを使命としている。毛の考えでは、世界独裁を実現するための世界革命は当然「世界大戦」＝「原子戦争」を伴い、人類の半分か三分の二が死ぬであろうが、「資本主義がすっかり消滅するのとひきかえに、永遠の平和〔＝世界共産主義〕をかちとることになれば、これも悪いことではない」(第八回党大会第二回会議での発言、本章の冒頭で引用した拙文を参照)。これはその場限りの思いつきではない。その前年、モスクワにおける世界共産党会議(一九五七年一一月)でも毛は、「戦争が起こったら、何人の人間が死ぬか。世界には二七億の人間がおります。その三分の一はいなくなってもいい。あるいは……半分を失ってもいい……極端な状況でいうならば、半数は死に、半数は残る、しかし帝国主義は完全に打ち倒されて世界全体が社会主義になるわけです。」(『マオ』下、一四三頁)と演説した。同じころ同地で、「われわれは世界革命に勝利するために三億の中国人〔当時の中国人口の半分〕を犠牲にする用意がある」（『マオ』下、一九一頁）とも言っている。

毛の発言は、フルシチョフの「平和共存」戦略が普及した共産主義諸国の首脳たちに驚きをもって迎えられ、不評を買ったが、共産主義＝共産党独裁の存続、拡大こそが人類の進歩だという唯物史観＝共産主義史観からすれば、毛沢東の考えが正しく、他の共産主義国首脳たちは共産主義から逸脱していた。実際、共産主義＝共産党独裁が現在も存続しているのは、北朝鮮、キューバ、ベトナムなどの発展途上国を別とすれば、中国だけである。

「世界革命に勝利するために三億の中国人を犠牲にする用意がある」という発言は、まさに毛沢東思想という名の共産主義思想の率直な表明であった。同様に、一九五八年に開始された「大躍進」政策によって四年間（一九五八〜六一年）に三八〇〇万人の餓死者および過労死者が出ることになったのも、毛には計算尽くのことであり、それどころかヨリ大きな目標を目ざしてもっと多くの死者を予定していたのであるが、身近にいる人々の余りにも悲惨な状態に衝撃を受けた劉少奇ら党幹部たちの抵抗に遭《あ》って、「大躍進」は挫折した。つまり、人道主義こそは共産主義を挫折させる「ブルジョワ思想」であった。だから毛沢東は、幹部たちの思想改造と党の再編成によって、共産党を真の革命党に作りかえるために「文化大革命」を始めたのである。それは、共産中国の建設だけでなく、「原子戦争」を伴う世界革命を遂行するためでもあった。その文革によって二〇〇〇万人が死んだ。中共中央副主席の葉剣英《ようけんえい》元帥が一九七八年一二月一三日、中央工作会議の閉幕式の時、「十年間の文化大革命では二千万人が死に、一億人がひどい目にあった。」と語っている（拙著『毛沢東思想の全体像』二二三頁参照）。

三八〇〇万人の餓死者を出した「大躍進」は、普通の評価基準からすれば大失敗の政策だったが、毛沢東思想＝共産主義の立場から見れば、普通の評価が立脚する人道主義こそが、「勤労人民」に敵対する「ブルジョア思想」である。劉少奇が一九六二年一月の「七千人大会」で毛沢東の意表を突いて「奇襲」し、「大躍進」を止めたことは、多くの庶民の命を救ったが、中国を軍事大国にしてやがては世界制覇を成し遂げようとする共産主義の大事業を妨害したことになる（前掲拙著『毛沢東思想の全体像』第二五章「七千人大会――大躍進を止めた劉少奇の奇襲」一六三〜一七〇頁参照）。こうして「大躍進」は中途で挫折させられはしたが、それまでの「躍進」によって脆弱だった共産中国は原子爆弾を手に入れ、軍事大国になった。

劉少奇は、彼によって命を救われた庶民たちの間でさえ完全に忘れ去られている。毛沢東は、当時の中国の一般国民にとっては地獄の魔王だったであろうが、現在の共産中国にとっては強大な共産主義国家を建設した英雄であろう。劉少奇と毛沢東とがそれぞれ成し遂げた対照的な「偉業」の何れが国家に対する偉大な功績として評価され、その国家の歴史に刻まれるか？　習近平はこのことに強烈な教訓を受け、毛沢東思想を掲げることが勝ち馬に乗ることであり、毛沢東構想の実現を目指すことがリーダーシップを握ることになるのだと確信したように思える。

第28章　人間社会を結ぶ紐帯《ちゅうたい》＝商品交換を仮象と曲解したマルクス理論
――血縁共同体を社会と誤解して始まった誤謬《ごびゅう》の体系

社会の本質は商品交換と無関係だという誤解から始まった唯物史観

マルクスによれば、人間の労働は「合目的的活動」および「労働手段の使用と創造」という二つの特性を持っており、人類の原始時代においては、家族や氏族などの血縁共同体自体が原始社会であり――つまり原始社会を結ぶ絆《きずな》は血縁である――、諸家族は分業しあうことなく、それぞれで自給自足の生活を営んでいた。

そして彼は、生産力の発展によって社会は次のように発展するという。生産力の発展により生産物の余剰が生ずるようになって初めて、諸共同体＝諸家族がその余剰生産物を商品として交換しあうようになり、商品交換によって結ばれた諸家族から成る社会が形成された。交換に基づく商品経済は、生産力の発展と、労働力の商品化とを促進して資本主義経済に転化する。生産手段所有者＝資本家が、自分自身の労働力しか所有していない労働者から労働力を買って消費すれば、労働力の価値＝賃金を補塡《ほてん》するのに必要な労働を超える剰余労働が生じて、剰余価値が生産され、それを利潤として獲得すると言うのである。

この資本主義経済が発展すると、資本家と賃金労働者への階級分化が進み、また労働者階級の増大および貧困化が進んで、商品需要の不足による生産物の過剰、恐慌が周期的に発生する。こうして順調な経済循環と発展が周期的に妨げられるようになり、ついには労働者階級の窮乏化と反乱によって資本主義は崩壊する。

生産手段は資本家から収奪されて社会の共有物になり、社会は再び商品交換のない共同体＝共産主義社会に戻る。経済が計画化され、それによって生産が調和的に発展し、生産物が労働に応じて分配されるようになるが、これは初期の段階（社会主義段階）であって、生産力が更に発展すると、生産物が必要に応じて分配される高度の共産主義段階に至る。これがマルクスの唯物史観（唯物論的歴史観）である。

人間労働の特性を誤解したマルクス理論

しかし、「合目的的活動」と「労働手段の使用と創造」とは、何れも人間労働の特性ではない。人間以外の動物も、それぞれに特有な頭脳でそれぞれの目的を描き、それに適合した活動によって目的を実現しているから、この地上で生存し繁栄しているのである。また、それぞれに必要な道具を作り使ってもいる。よく知られているように、ビーバーは材木、運河、ダムなどを作ることに基づいて住居などを作るし、ラッコは貝の殻を石で割る。ニューカレドニア島のカレドニアカラスやガラパゴス島のキツツキフィンチは、木の枝を折り取って鉤のある棒を作り、更に皮をはいで滑らかにした棒を木の穴にさし込み、幼虫を引っかけて釣り上げる。ミツバアリは、竹や笹の地下茎に沿って作った巣の中でカイガラムシの一種、アリノタカラに樹液を吸わせ、その分泌液を食べる。中南米のハキリアリは、大量の木の葉を刈り取って巣に運び込み、それを刻んで作った腐葉土でキノコを栽培して食べる。

分業と協業も人間の特性ではない。蜂、アリ、猿、ライオンなどの群れについて知られているように、人間以外の種々の動物も血縁的な群れ（人間の場合は家族）の中での分業に基づいて、それぞれの目的を達成するために働いている。

人間労働の特性は異なる家族間での商品交換をつうじた分業——社会の形成

人間に特有な労働様式は、血縁で結ばれる群れ（家族や氏族などの血縁共同体）の中での分業ではなく、商品交換をつうじて行なわれる群れと群れとの間での分業である。異なる血縁共同体に属する人々は、商品交換によって、共通の外的自然に立ち向かう集合、すなわち人間特有の社会を形成している。つまり、われわれが社会と呼ぶものは、家族などの血縁共同体ではなく、商品交換関係によって結ばれた人々の集合である。

ところがマルクスによると、原始時代には個々の血縁共同体は自給自足をしていて、商品交換は行われていなかった。つまり原始時代の人間の社会は、他のさまざまな動物の群れと同じ性質の血縁集団で、人間社会の特性はずっと後に発生したというのである。この見解は合理的ではない。さまざまな種類の原人や旧人とは違って、現生人類がこの地上で存続できたのは、商品交換をつうじて行う群れと群れとの分業という特性を最初から持っていたからではないか？

商品交換をする場合には、どの当事者も、自給自足をする場合よりもはるかに多種・多量の有用物を、同量の労働で獲得できる。この絶大な利益は、各共同体、各家族を交換に駆り立てる強力な動機となる。原始時代の人類は、外的自然を管理する力が極度に小さかったからこそ、交換による利益を鋭く感知したのではないか？　原人や旧人がこの地上に生き残ることが出来なかったのは、商品交換をつうじた群れの間の分業がなかったか、または十分に発展していなかったせいではないだろうか？

現生人類が後期旧石器と呼ばれる打製石器とともに出現したことは、現生人類は発生当初から家族間の分業をしていたという推測を支持する証拠であるように思える。「この多様な特殊化された石器に表わされている多様な分業は、個々の家族の中に収まりきれたとは思えないのである。」（拙著『人類社会の形成と市場経済』六頁）

人間特有の言語も、異なる血縁共同体の間の分業に必然的に伴うものであろう。「人間が、複雑な情報の〔空間と時間を越える〕伝達を可能にする言語体系を持っているのも、多くの群れの間で取引と分業とが行われることによるものであろう。……血の繋《つな》がりがなく、一緒に暮らしたこともない、初めて会うような人々が交換および分業を行う時に初めて、複雑な関係や事柄を明確に表現し、伝えうるような手段が必要になる。」（同右書、三頁）

人間の本性により商業社会が成立するというスミス説と反対に、原始社会は自給自足の原始共同体だったというマルクス説の難点

アダム・スミスの『国富論』（一七七六年）は、商品交換をつうじての分業と「商業社会」の成立は「人間の本性」によるものだと指摘している。「分業は……人間の本性に属する一定の性向、すなわちある物を他の物と取引し、交易し、交換しようとする性向の遅くて漸進的ではあるが必然的な結果である。〔以下別行〕……それはすべての人間に共通で、しかも他のどんな種類の動物にも見出されない。」（Adam Smith, *The Wealth of Nations*, Modern Library Edition, 1937, p.13. 大内兵衛・松川七郎訳『諸国民の富』岩波文庫①一一六頁。ただし拙訳）「このように、あらゆる人が交換によって生活し、すなわちある程度商人になり、そして社会自体は当然、商業社会というものになる。」（Ibid., p.22. ①一三三頁）

「人間の本性」が「商業社会」を成立させたというスミスの見解からしても、原始社会から現代社会に至るまでのすべての社会が「商業社会」だということになる。これに対して、マルクスは、自給自足をする単一の家族（血縁共同体）自体が原始社会だと主張したが、納得できる見解ではない。すでに述べたように、地球に現れた頃の脆弱な人類の諸家族は、分業や協業という形で協力しあわなければ、荒々しい自然の中で生き残ることができなかったであろう。

社会概念はそれが成立する社会の中でのみ妥当性を持って通用する

われわれが普段使っている社会、自然などの言葉は、交換関係によって結ばれた社会の人々にとってのみ共通の意味、すなわち社会的概念を表していて、その社会の外部の人々にとっては単なる主観にすぎない。その社会から見れば、それに属さない人々の群れやその活動は、蜂の群れや猿の群れと同様に自然に属しており、狩猟対象になりうる。古代ギリシャの哲学者、アリストテレスの著書にもそのような観念が見られる。

「アリストテレスは、狩猟の対象となる人間がいると考えて、『奴隷を獲得する術』は『狩猟術』〔山本光雄訳『政治学』岩波文庫、四七頁〕であり、『それは動物に対し、また人間のうち支配せられるように生まれついたものでありながらそれを欲しないものにたいして用いられなければならない』〔『政治学』五〇頁〕と言っているし、海賊行為をも漁労や野獣狩りと同様に一種の狩猟とみている〔『政治学』四九頁〕。」（拙著『資本主義と共産主義』一〇頁）

海賊行為は一種の狩猟だという観念は一六世紀から一七世紀にかけてのイングランドにも残っていて、エリザベス女王（エリザベス一世：在位一五五八〜一六〇三）は海賊を活用して巨富を蓄積し、イングランド強大化の資金にした。マゼランに次いで世界周航を成し遂げた「探検家」として有名なフランシス・ドレークは、スペインやポルトガルを相手に略奪の限りを尽くした大海賊で、イングランドに巨富をもたらした功績によってエリザベス女王からナイトの爵位を授けられた（竹田いさみ著『世界史をつくった海賊』ちくま新書、七〜一〇頁参照）。

生産とは何か？：交換関係で結ばれる社会に商品として供給する物の創造である

経済学にとって最も重要な生産概念も、商品交換によって結ばれた諸家族の社会で成立し、その社会でのみ通用する社会的概念である。

人が有用物を作る行為は、その有用物がその人自身の家族の中で消費されるならば、他の諸家族には関係がないことであり、社会にとっては何の意味もない。しかし、その有用物が商品として供給され——スミスの表現では「いわば共同在庫（common stock）にもち込まれ」（*Wealth of Nations*, p.16.①一二三頁）——、社会を構成する諸家族が必要に応じて入手できるようにされた時にのみ、その社会にとっても有用物の創造という意味を持つ。つまり、商品として供給するための創造が社会にとっての創造であり、生産と呼ばれるのである。例えばパンや米飯を作ることは、それらが自家消費されないで商品として供給される時にだけ、その社会においてパンや米飯の生産と呼ばれる。生産概念も、社会概念や自然概念と同様に、商品交換によって結ばれている社会で形成され、その社会でのみ共通の意味を持って通用する言葉である。

交換関係で結ばれる同じ社会に属していない人々は、互いに相手を外的自然に属する動物と見なして狩りの対象とし、捕獲した人間を生産物、そして生産手段（奴隷）と理解したであろう。すでに述べたように、アリストテレスの著書『政治学』は「奴隷を獲得する術」を「狩猟術」と述べていた。

しかしマルクスは、生産概念は商品交換とは関係がないと理解し、自分自身が消費するものを作ることも生産だと考えた。そうだとすると、人間以外の動物も生産をしていることになるから、生産活動における人間と動物との違いは何かが問題となる。それについてマルクスは、『経済学・哲学手稿』と題されている初期の草稿（一八四四年）で、人間を全能の造物主であるかのように描いた。

「動物は一面的に生産するが、人間は普遍的に生産する。……動物は自分自身だけを生産するが、人間は全自然を生産する。……動物はその属している種の尺度と欲望とに従ってのみ生産するが、人間はあらゆる種の尺度に従って生産することができる……。したがってまた、人間は美の諸法則に従って形づくる。」（藤野渉訳『経済学・哲学手稿』大月書店・国民文庫、一〇七頁。ただし、右記の引用文は拙訳。）

全く独善的なこの主張は、マルクスの生産概念が不毛であることをよく示している。これに対して私はかつての拙著で次のように述べた。

「実際には人間も、人間だけの尺度に従って——厳密に言えば、自分の属する社会の尺度に従って——しか活動しない。例えば、人間は魚の欲望に逆らって魚を生産する。牛肉を生産することは牛の尺度に反するし、牛を神聖視するインド人の尺度にも反する。……他方、鯨を食べることは、牛を食べる欧米人の尺度に反する。また人間は、ある種の動物の尺度に逆らって、それを害虫とか病原菌とかと呼んで駆除している。反対に、人間はある種の動物を保護しているが、それは、その動物の尺度に従ってではなく、人間の尺度、または一部の人間グループの尺度に従ってである。そして、人間にとっての『美』は人間に特有なものであって、他の動物、例えば牛や蛆虫《うじむし》や黴菌《ばいきん》にとっても美であるとは言えない。〔以下別行〕以上のように、人間も他の動物と同様に、自分に特有な尺度と欲望とに従って外的自然に立ち向かっている……。人間は、マルクスの言うような『全自然を再生産する』造物主ではないし、エンゲルスの言うような『自然を支配する』神でもない。」（拙著『人類社会の形成と市場経済』二四頁。エンゲルスの言葉の出所は同右書、二七一頁、注5を参照。）

人間と動物の間だけでなく人間相互間でも、自然に属する動物と理解された人間を対象とする狩りをして生産手段（奴隷）とするように、社会と尺度との違いがありうる。分業を媒介する商品交換関係を結びあう場合にのみ、異なる家族や異なる民族、異なる国の人々が共通の外的自然に立ち向かう共通の社会が形成され、その結果として生産概念などの諸概念や尺度の共通化が成立するのである。

また動物との対比で、人間を全能の造物主として描いたマルクスは、文明社会は支配階級と被支配階級に分化し、やがて生産手段の共有に基づく共産主義社会に進化するという唯物史観を主張してもいるから、マルクス理論を信奉する人々は、全能の造物主という資質を、歴史の進歩を担う労働者階級を導く共産党の特性と理解することになる。このようなマルクス主義的歴史観が巨大な悲劇をもたらしたのである。

人間的自由の実体は交換関係を結ぶ諸家族の独立性

アリストテレスの「ポリス」という言葉（山本光雄訳『政治学』岩波文庫、一九六二年、では「国」と邦訳）は、社会と国家という二つの意味を含んでいるが、彼は「凡《すべ》ての国〔ポリス〕は家々から構成されている」（『政治学』三七頁）と言い、「さきの共同体〔家〕に属する人々は何でも共同でもっていたのであるが、後の共同体〔ポリス〕の人々はいくつかの独立な家に別れていたので、それぞれ多くの異なったものをもっていた、そして……交換しなければならなかった……。」（同右書、五三頁、傍点は引用者）と言い、「国は自由人の共同体である……。」（同右書、一三八頁、傍点は引用者）とも言っている。独立の諸家族が商品交換をつうじて構成している人間社会の特性を、ポリスの構成という形で指摘するとともに、人間社会の特性を「自由人の共同体」と表現している。つまり、人間的自由の実体は社会における家族の独立性だということを事実上指摘しているのである。人間的自由と家族の独立性との関係について、私はかつて次のように書いた。

「自然に立ち向かうための社会を、商品交換をつうじて構成している諸家族の独立性が、社会における個人の自由を成り立たせている。人は、家族の中では相手を選ぶ自由がないし、相手との関係の仕方〔例えば親子関係、兄弟関係―本書の注〕を変える自由もないが、社会では、相手を選ぶ自由があるし、相手との関係の仕方を選ぶ自由もある。これが、人間的自由の実体である。」（拙著『資本主義と共産主義』四三頁）

商品交換の廃止は人間社会の破壊、全般的奴隷制の導入

マルクスが目ざす共産主義社会は、資本主義および商品交換を廃止し、「個々の労働はもはや間接にではなく直接に〔中央当局の統制によって〕総労働の構成部分として存在する」（マルクス『ゴータ綱領批判』）国家であって、「プロレタリアートの革命的独裁」（同右書）という名の共産党独裁（＝一般国民の奴隷化）の下でしか成立できない全体主義的奴隷制国家である。私はそのことを、拙著『資本主義と共産主義』の「まえがき」で次のように述べた。

「人間に特有な社会的関係の核心は商品交換関係であるから、人間に特有な社会は資本主義社会という形で開花し、それとともに、商品交換者の独立性を土台とする人間的自由、および労働の生産的性格が最高度に実現する。マルクスの時代の労働者の貧困も、現代世界に残る貧困も、資本主義の発展のせいではなく、逆に、資本主義の未発展のせいである。『賃金労働制度〔資本主義〕は一つの奴隷制度であり、しかも……労働の社会的生産力が発展するのと同じ程度にますます過酷になる奴隷制度である』というマルクスの見解〔『ゴータ綱領批判』〕は、現実を逆さまに表現している……。彼が目ざした資本主義の廃棄こそ、人間に特有な社会的関係を廃棄することなのであり、したがって人間的自由を消滅させ、窮乏をもたらすのである。」（拙著『資本主義と共産主義』「まえがき」xvi頁）

それは、ソ連や中国を始めとする共産主義諸国における人類史上最大の悲劇という形で実証された。

共産主義社会存続に不可欠の共産党独裁とテロリズム

「プロレタリアートの革命的独裁」という名の共産党独裁は、当然「革命的テロリズム」を伴う。マルクス自身が、『共産党宣言』を発表した年に、社会発展に伴う苦痛を「短くし、簡単に……する手段は、革命的テロリズムというただ一つの手段しかない」（「ヴィーンにおける反革命の勝利」『新ライン新聞』一八四八年一一月七日）と主張した。共産主義社会は「革命的テロリズムというただ一つの手段」によってのみ成立しうるのであれば、テロリズムなしには存続できないであろう。つまり共産主義社会は、共産党独裁とテロリズムが内在化した国家なのである。

マルクスの教えに最も忠実に従ったレーニンが率いるボリシェヴィキ（後のロシア共産党）は、一九一七年一一月七日（当時のロシア暦では一〇月二五日）に「ロシア革命」または「十月革命」という名のクーデターを敢行し、共産党独裁と残虐な「赤色テロル」を始めた。

レーニンによれば、独裁とは「なにものにも制限されない、どんな法律によっても、絶対にどんな規則によっても束縛されない、直接暴力に依拠する権力以外のなにものも意味しない。」（「独裁の問題の歴史によせて」『レーニン全集』第三一巻三五四―五頁）そして彼は、刑法の草案を提出した司法人民委員（＝大臣）のクルスキーに、「裁判所はテロルを排除してはならない。……これを原則的にはっきりと……法律化しなければならない。できるだけ広範に定式化しなければならない」（一九二二年五月一七日付手紙、『レーニン全集』第三三巻）と指示した。裁判所をテロルの場にせよという指示である。それに従って、司法人民委員会の役人だったクルィレンコは、「我々が処刑しなければならないのは罪を犯した人々だけではない。無実の人々の処刑は大衆に一そう大きな印象を与えるであろう。」（Richard Pipese, *A Concise History of the Pussion Revolution*, Vintage, Random House, 1996, p.224. 西山克実訳、R・パイプス『ロシア革命史』成文社、二三一頁。ただし、本書での引用は拙訳による）と述べた。

レーニン政権の軍事人民委員（＝大臣）だったトロツキーは、一九二〇年、赤色テロルを批判したカウツキーに反論して、「人命が一般に神聖、不可侵であるならば、我々はテロルや戦争の利用だけでなく、革命をも拒否しなければならない。……人間の労働力、したがって生命も取引、搾取、強奪の対象であるかぎり、人命の神聖という原則は、隷属する奴隷をつなぎとめておくことを目的とする最も卑劣な嘘である。」（L. Trotzki, *Terrorismus*, 本書五九頁参照、『テロリズムと共産主義』拙訳）と主張した。人命尊重の人道主義は、革命を妨げるブルジョア・イデオロギーだというわけである。同じ頃、ブハーリンは、「銃殺刑に始まり労働義務〔強制労働〕に終る、プロレタリア的強制のあらゆる形態は……資本主義時代の人的素材から共産主義的な人間をつくり上げる方法なのである。」（救仁郷繁訳『過渡期経済論』二一二頁、現代思潮社、一九六九年）とグロテスクな人間改造論を述べて、レーニンの共感を得た。

スピノザ（一六三三〜一六七七）は、マルクス（一八一八〜一八八三）が活躍した時よりも約二〇〇年前に書き、後に遺稿集の中の一篇として出版された『国家論』（畠中尚志訳、岩波文庫、二〇五～六頁、訳者解説参照）で、マルクスやマルクス主義者たちの出現を予想していたかのように、「哲学者たち」が「どこにも実在しないような人間性をいろいろと称揚し、現実に存在する人間性を種々の言葉で貶《おと》しめ……」、「あるがままの人間ではなく、そうあってほしいと思うような人間を脳裡に浮かべている」ことを批判し、「国家を治めるには〔そのような〕理論家あるいは哲学者ほど不適任な者はない」（『国家論』岩波文庫、一～二頁）と述べたが、その不適任な理論家たちが実際に国家を治め、暴力的な人間改造を大規模に実施する時代が来ようとは想像もできなかったであろう。

また毛沢東は、「大躍進」を決定した中国共産党第八回大会第二回会議（一九五八年五月）の時、世界革命に伴う「世界大戦」において、「原子戦争は……もっともよくて、〔人類の〕半分は残り、その次によくて三分の一が残るだろう。二九億の人口〔当時〕のうち九億の人口が残ることになる。……資本主義がすっかり消滅するのとひきかえに、永遠の平和〔世界の共産主義化〕をかちとることになれば、それも悪いことではない。」（『毛澤東思想万歳』上、東京大学近代中国史研究会訳、二八三頁、三一書房、一九七四年）と主張した。共産主義は人類の三分の二を犠牲にしてでも勝ち取る価値がある、と言ったのである。これと比べればブハーリンも卑小に見えるほどの極端な反人間思想である。共産主義の本質――マルクス理論に忠実な共産主義者の本音――を明確に表している発言だと言えよう。

共産主義＝全般的奴隷制の犠牲者

トロツキーによれば、「プロレタリアート独裁」という名の共産党独裁は「市民の生活をすべての面でうむを言わさず掌握し」（*Terrorismus*, S.143. 拙訳『テロリズムと共産主義』）、「全住民を必要労働力の貯水池──ほとんど汲み尽くせない泉──とみなし」（*ibid.*, S.112.）、「全住民」を無尽蔵の消耗品として扱う。実際、共産主義にとって有害または無益だと見なされた何千万人もの人々が産業廃棄物のように処理された。ソ連でも中国でもそうだった。

「レーニンが一九一八年に作った強制収容所には、一九三〇年代半ばから一九五〇年代にかけての最盛期に、常時一五〇〇万人前後の囚人（大多数は政治犯）がいた。ジャック・ロッシ著『ラーゲリ（強制収容所）注解事典』（内村剛介監修、高山紀子他四名訳、恵雅堂出版）によると、一九三七年に約一六〇〇万人、四〇年代と五〇年代には約一七〇〇万人～二二〇〇万人である。一九三〇年から五〇年までの二〇年間、収容所の中で二〇〇〇万人～三〇〇〇万人が死んだ（ロバート・コンクエスト『スターリンの恐怖政治』下、二六九頁参照)。『一九三六年の囚人は一九四〇年までには殆どみんな絶滅した』（同右書、下、九五頁)。シベリア北東部のコルィマ地方の囚人の死亡率は年三〇パーセントだった（同右書、下、八三頁)。ソ連の恐怖政治による犠牲者は、一九一七年一〇月（革命）から一九五〇年までの三三年間だけでも六六〇〇万人にのぼると、統計学者のI・F・クルガーノフ（元レニングラード大学教授）は計算している（ソルジェニーツィン『収容所群

島』木村浩訳、新潮社、三、一三頁参照)。」（拙著『毛沢東思想の全体像』五頁）

毛沢東が統治した共産中国では、建国後数年間で約二〇〇〇万人が殺され、大躍進政策のせいで四〇〇〇万人近くが餓死、文化大革命で二～三〇〇〇万人が殺されたことなどで一億人が犠牲になったと言われる。

「マルクス理論に忠実に従った共産主義社会は、そのような形（つまりレーニンとスターリンが実現したような形）でしか実現することはできない。……現在の共産主義諸国の惨状は、マルクス理論の実践の必然的な帰結である。」（拙著『資本主義と共産主義』「まえがき」xvii頁）

第29章　現実を逆様《さかさま》に描いたマルクス理論
——唯物弁証法という名の論理倒錯《とうさく》法、つまり詭弁法

マルクスの主著『資本論』（Das Kapital）は自由な労働者を奴隷として描き、共産党の奴隷になることを自由への解放として描く倒錯の理論を、唯物弁証法と呼ばれる詭弁術（言葉の手品）によって証明している。それを明らかにするために、先ず経済現象としての「生産」とは何かを明らかにしておきたい。

社会——交換関係によって結ばれる諸家族の集合——における生産概念

前章で述べたように、商品交換によって結ばれている人間特有の社会では、人が作った有用物は、その人自身によって消費されないで、社会に商品として供給される時にのみ、その社会で生産物として認識され、その供給者（＝社会構成者）が生産者として認識される。生産にかんする諸概念は、交換関係を結ぶ人たちの間でのみ通用する社会的性質を表しており、物理的性質を表す概念ではない。そして、商品としての大きさ、すなわち価値は、交換関係自体によって決定される社会的大きさであって、労働時間という物理学的大きさとは異なる性質の大きさである。社会で必要とされない（有用物とされない）ために商品として売れない物は、どんなに労働時間が支出されていても価

値を持っていないし、その労働は生産活動として認められない。逆に、社会にとって必要なものは、僅かな労働時間しか支出されなくても莫大な価値を持ちうる。

労働価値説の虚偽——異質の有用物を同質と前提する似非《えせ》等式に基づく虚偽の証明

ところがマルクスは、『資本論』の冒頭、第一巻第一篇第一章第一節で、小麦一クォーター（＝八ブッシェル）と鉄aツェントナー（一ツェントナー＝五〇kg）との交換を「**小麦1クォーター ＝ 鉄aツェントナー**」という似非《えせ》等式で表わして、この式は「同じ大きさのある共通物」すなわち「無差別な人間労働の凝固物《ぎょうこぶつ》」が「二つの異なる物のうちに存在する」ことを意味すると言い、これが「価値実体」であるから、「価値としては、すべての商品は、一定量の凝固《ぎょうこ》した労働時間に過ぎない」と労働価値説を主張した。

しかし、マルクス自身が「質的に異なる使用価値」だと言う小麦一クォーターと鉄aツェントナーを両辺に置いた等式は、太郎の体重と鉄六〇kgの重さとが等しいことを、重さを無視した「**太郎 ＝ 鉄60kg**」という式で表わすのと同様に間違っている。太郎は鉄ではないのと同様に、小麦は鉄ではない。正しい等式は「**小麦1クォーターの価値 ＝ 鉄aツェントナーの価値**」であって、この等式は価値（商品としての大きさ）の同等性以外の何物（の同等性）をも表していない。量的な比較は同じ性質の量、例えば価値量と価値量との間や、重量と重量との間でしかできないのに、マルクスは、価値以外のもの（労働）を目に見えない価値実体として証明するために、価値を捨象

（無視）した小麦と鉄という二つの異質物を、等号（＝）で結んだ似非等式を作ったのである。

日本で権威ある学者と見なされてきた多くの人たちを含む世界中の知識人の多くが、このような初歩的な間違いに基づいて理論体系を展開したマルクスの教義を信じてきたし、今でも信じているらしい。

偽の等式に基づく価値形態論の詭弁

マルクスが虚偽の価値概念を導き出した「**小麦1クォーター＝鉄aツェントナー**」という偽の等式は、小麦の中に潜んでいる価値が鉄の姿で――小麦自体とは異なる商品という形態で――現れていると主張する価値形態論（第一章第三節）の詭弁をもっともらしく見せ、価値概念を一そう神秘的なものにしている。つまりマルクスの価値形態論は、虚偽の価値概念に基づく詭弁である。

人々は、太郎の体重を、同じ重さの鉄塊という姿ではなく、太郎自身の属性として理解するのと同様に、小麦の価値を、鉄塊という姿でとらえているわけではなく、絶えず変動する市場価格の相対値、すなわち市場＝交換関係によって与えられた小麦自体の社会的性質として、ありのままに理解している。

貨幣商品の金は「諸商品の独立化された価値」という幻想

マルクスは、価値形態論の詭弁に基づいて、独特の貨幣論を次のように展開した。交換関係の発展によっていろいろな商品が他種類の商品と交換され、したがって他の諸商品にとって共通の価値形態（価値の姿）となることができるが、異なる価値形態が乱立していたら価値の共通性の表現や価値量の比較ができない。しかし、やがて価値形態の機能を独占するのに適した金と銀が「諸商品の独立化された価値」として貨幣となる。その商品はすべての商品と交換されるのであるから、貨幣は交換手段にもなる。「貨幣に流通手段の機能が属するのは、それが諸商品の独立化された価値であるからにすぎない」（第三章第二節）。これがマルクス特有の貨幣論である。

貨幣は交換手段であるから価値を比較する尺度になる

この貨幣論も現実の因果関係を逆さまに描いている。多くの種類の諸商品の間の継続的な交換は、物々交換によることは不可能で、共通の交換手段を媒介としてのみ可能であり、共通の交換手段が形成された範囲（市場）においてのみ商品交換が行われる。そして、一定の範囲（市場）内で共通の交換手段として用いられ、それ故にすべての商品と交換される物が貨幣であるから、貨幣は商品としての（相対的）大きさ＝価値を比較し表現する共通の道具にもなる。つまり、貨幣の基本的機能は交換手段すなわち流通手段である。貨幣は「諸商品の独立化された価値」＝価値尺度だから流通手段になるというマルクス説とは反対に、貨幣は流通手段だから価値尺度やその他の機能を遂行できるのである。

貨幣の信用を直接・間接に補強した貨幣商品＝金の退場、消滅過程

商品交換が未発展の時は、交換手段自体が商品価値を持っていなければ交換手段として信用されないであろう。そして交換手段として便利なのは、比較的に少量で大きな価値を持ち、しかも容易に分割や融合が可能な物であるから、金や銀が貨幣になる場合が多かったが、商品交換が発展し、それに伴って業者間の相互信用が定着してくると、便宜上、商品を取得した代償として金製または銀製の「正貨」（真正な貨幣）を支払うことを保証する証書（商業手形）自体が支払い手段＝交換手段として用いられるようになり、その習慣が定着すると、信用度の高い金融業者などが、商業手形に記された金額から貸付利子（プラス手数料）などを割り引いた金額でその手形を買い取って発行する支払い保証書、そして最終的には金融企業＝銀行が発行する銀行手形、次いでその発展形態である銀行券が、商業手形よりも信用度の高い交換手段として広く用いられるようになり、やがて政府が後ろ盾をする中央銀行券（日本では日本銀行券）に取って代わられた。

かつて日本の金本位制度の下では、日本銀行が発行する銀行券は一円につき純金二分（七五〇ミリグラム）を含む正貨または地金との兌換《だかん》（＝交換）が保証される兌換銀行券であったが、中央銀行に兌換請求が殺到して準備金が枯渇するような状況が度々生じ、兌換保証が困難になって、昭和一一年＝一九三六年一二月に金本位制度は停止された。しかし、商品流通に不都合は起こらなかった。それどころか、兌換のために保有すべき準備金量の制約を受けることなく銀行が貨幣（銀行券

および当座預金）を発行できるようになったので、その後の経済発展はめざましかった。

金本位制度の廃止後、流通貨幣に対する金準備は一〇〇％から〇・一二％に低下

岩野茂道「紙幣の信用理論序説――貨幣のユートピア幻想について」（『熊本学園大学経済論集』第二二巻第三―四合併号、二〇一六年三月）は、「日本銀行の貸借対照表（二〇一五年一二月末現在）」（一五頁）に基づいて、「［二〇一五年末現在の日銀勘定資産総額（三九六兆四四九三億円）に占める金（四四一二億円）の割合は〇・〇〇一一に過ぎない。世界共通の貨幣定義のなかで最も厳しい基準であるM１（＝銀行券＋当座預金）（三五四兆八三九億円）に占める割合でみても同じく〇・〇〇一二とかわらない。」（同右誌、一三頁）と述べている。

金本位制度の下では、M１に対する準備金の比率は〇・〇〇一二ではなく一――つまり〇・一二パーセントではなく一〇〇パーセント――でなければならなかった。「金本位制は事実上崩壊後の一九三六年末……、中央銀行の銀行貨幣（銀行券＋当座預金）に対する貨幣用金……の比率は、アメリカが八四・八％……、イギリスは一三四・八％……であった。因みに、一九三一年当時における世界の総流通貨幣＋当座預金に占める貨幣用金ストックの比率としては、……国際決済銀行データでは五五・七％となっている。すなわち、国際金本位制のほころびが拡がるなかでも辛うじて維持されていた一九三〇年代半ばまでは中央銀行マネーは金（gold）によって完璧にカバーされていた……。」（同右誌、一三―四頁）

平成二八年＝二〇一六年現在は、日本銀行の信用を支える資産の八五％は国債であって、金は資産の〇・一％に過ぎず、事実上は〇％だと言ってよい。

貨幣供給が金準備量による制限を脱した後の目覚ましい経済発展

金本位制が継続していたならば、そしてM1の中の銀行券と当座預金との比率が現在と同じだと仮定すると、日銀の準備金が現在と同量ならば日本の経済規模は現在の〇・〇〇一二倍、つまり現在の八三三分の一に留まっているであろう。準備金を八三三倍に増大すれば経済規模は現状と同じになるかもしれないが、それほど多くの金を準備するためには金生産コストが激増し、したがって金の価値（＝商品としての相対的大きさ）の増大に伴う他の諸商品の価値の全般的低下が生じたであろう。だから、価格の単位となる金量（明治三〇年制定の貨幣法では、純金七五〇ミリグラムを価格の単位とし、円と呼ぶと定められた）が一定のままでは、金以外の諸商品の価格がたえず低下し続け、不況が恒常的になるであろう。

このような全般的価格低下を避けるために価格単位＝金量を減少し続け、したがって一定量の金の価格を上昇させ続けたならば、商品生産を続けるよりは金を集める方が得になり、兌換請求が殺到して正貨＝金が枯渇するであろう。金本位制を続けることは商品経済を破滅させることであった。

金本位制は仕方なしに廃止されたのであるが、貨幣供給が金準備量による制限から解放された後の経済発展はめざましかった。正貨と呼ばれた金ではなく、実際に使われていた銀行券や当座預金こそが真の貨幣＝流通手段だからである。しかも、「銀行の貸付けは、予め受け入れられている預金の枠内で留まるものではない。……銀行の貸付は、銀行勘定（B／S）のなかでは先ず資産項目の増として記録され……。同時に……借受人名義の〔当座〕預金の増として同じ金額が負債項目に記録される。」（同右誌、一六頁）「銀行はもはや大衆から預かった法定貨幣の枠をはるかに超える量の自己債務を作り出すマシンとなっている。」（一七頁）「銀行の貸し付け業務それ自体が銀行の『債務』を、すなわち……貨幣を創造する」（一八頁）。「この信用創造が第二次大戦後飛躍的に拡大したことが、世界経済発展の様相の性格を全く異なるものに変化させた最も大きな要素の一つ」（一八頁）といえる。

政府の保証がなくても銀行券が完全に信認された実例

なお、政府の後ろ盾は銀行券の信認を補強するものではあるが、必要条件ではない。私が一九四六年秋まで住んでいた満洲では、日本の敗戦と共に満洲の国家と中央銀行がなくなった後でも、満洲中央銀行券（略称、満銀券）は従来どおりに信認されて、貨幣価値が減少することなく流通した。需給関係を反映する物価変動はあったが、インフレーションはなかった――貨幣供給が増えなかったのだから当然であろう。ソ連軍、中共軍、国府軍も、その満銀券を利用せざるをえなかった。そしてソ連軍は満銀券の金額と貨幣価値をなぞった軍票を印刷し、強制的に通用させたが、ソ連軍が撤退するや否やソ連軍票は紙屑になった（他の軍隊は軍票を発行しなかった）。満洲の民衆が信用していたのは、ソ連、中共、国府などの国家機関ではなく、無くなっていた満洲中央銀行の方だったのである。

「戦後、たとえば、蔣介石が率いる国民党政府が『接収』した地域では、たちまち天文学的数字でインフレが昂進し、通貨が大暴落を続けた。」（黄文雄《コウブンユウ》『満洲国の遺産』光文社、二七八頁）

「満洲中央銀行券は……一九四七年国府東北行営（国民党政府の東北支所）の発行する東北流通券により等価で回収され、……流通しなくなった。流通期間は十数年の短期間であったが、国府や中共政府の発行した通貨と異なり、人民にはほかに代替の効かぬ最も信頼された通貨であった。」（満洲中央銀行史研究会編『満洲中央銀行史』東洋経済新報社、二五四頁）

「その信頼性は、世界金融史にまったく類例をみないといってよいほどであった。」（黄文雄『満洲国の遺産』、二七七頁）

生産のために消費される労働力＝生産手段が剰余価値を生産するという論理倒錯

さて、マルクスにとって最も重要な剰余価値説＝搾取説でも、倒錯した論理が駆使されている。彼によれば、資本家は労働者から労働力という商品を買って、その代価として賃金を払うが、その労働力は「自分の価値〔＝賃金〕よりも大きな価値の源泉であるという独特な使用価値」（『資本論』第五章第二節）を持っていて、資本家が労働力を消費することによって搾り取られる労働量は、労働力の価値を再生産する「必要労働」＝支払労働だけでなく、それを超えて剰余価値を生産する

「剰余労働」＝不払労働をも含んでいるという。

しかし、商品所有者が何かを生産するために消費する商品は、馬であろうと人であろうと生産者（生産する主体）ではなく生産手段であって、何物をも生産しない。すでに述べたように、経済的現象としての生産、生産者、生産物などの生産概念は、商品を交換しあう商品所有者たちの間でのみ通用する社会的性質を表す言葉であって、物理的性質を表す言葉ではない。

賃金労働者＝自由人が売る（提供する）ものは、労働力＝労働者自身ではなく、有用効果＝生産物

「生きた人格のうちに存在している……肉体的および精神的能力の総体」（『資本論』第四章第三節）である労働力を売るということは、労働者を売ることであり、その場合の売り手は、マルクスが主張するような労働者自身＝商品ではなく、その労働者（＝奴隷）の所有者（奴隷所有者）である。しかし、資本主義社会の賃金労働者は、奴隷ではなく、主体的に行動する自由人である。彼は労働力を売るのではなく、自分の労働力を用いて主体的に労働し、労働によって生産する種々の有用効果――例えば機械の運転、原材料の加工、生産手段や生産物の移動、情報、販売などによる有用効果――を売るのであり、経営者はそれを生産要素として取り入れるために買うのである。職場で労働している時でも、賃金労働者は奴隷ではなく、自由人である。

資本主義は、自由な人々の商品交換に基づく市場経済の発展形態である。「人間に特有な社会は資本主義社会という形で開花し、それとともに、商品交換者の独立性を土台とする人間的自由、お

よび労働の生産的性格が最高度に実現する。」（拙著『資本主義と共産主義』「まえがき」xvi頁）

交換関係が諸家族、諸民族を共通の外的自然に立ち向かわせ、共通の社会を形成させる

商品交換関係こそが異なる家族や異なる民族、異なる国民を共通の外的自然に立ち向かわせ、共通の社会を形成させている。「社会」および「自然」という諸概念は、商品交換者たちの間で成立し、交換者たちの間でのみ通用する観念である。市場＝商品交換を廃止することは、人間特有の社会を破壊し、人間性を圧殺することである。それはソ連や中国などの共産主義諸国における人類史上最大の悲劇という形で実証された。

市民社会で生産が発展すると労働者階級の窮乏と隷属が増大するというヘーゲル説に倣ったマルクス経済学

商品経済があまり発展していなかった時代の哲学者ヘーゲルは、「市民社会」で生産が発展すると「富の蓄積が増大する」とともに、「他面では……特殊的労働に縛りつけられた階級の隷属と窮乏とが増大する」（『法の哲学』一八二一年）と言い、その三〇年後、同じドイツの経済学者で社会主義者だったロートベルトゥスも、「国民の富が増大するとき、他面では労働者階級の貧困もまた増大する」（『国家経済の社会的意義』一八五〇年）と言った。

ヘーゲルやロートベルトゥスに倣《なら》ったマルクスは、「資本の蓄積」および「富の蓄積」は、労働者階級における「貧困、労働苦、奴隷状態、無知、野獣化および道徳的堕落の蓄積」をもたらすという「資本主義的蓄積の絶対的一般法則」の存在を主張したが（『資本論』第一巻第二三章「資本主義的蓄積の一般的法則」の第四節、初版一八六七年）、その原因についてだけ、独特の説明をした。

労働者階級は貧困化、奴隷化、野獣化するという絶対的一般法則の説明

マルクスは、総資本のうち、賃金に投じられる資本部分を「可変資本」と呼び、生産手段に投じられる資本部分を「不変資本」と呼んで、次のように主張した。労働生産性の増大は、（一）「与えられた価値量の可変資本によって使われる同じ労働者数、同量の労働力」が同時間に使用する生産手段の量とその価値の増大、（二）したがって同額の資本（可変資本プラス不変資本）の中の可変資本の減少、すなわち同額の資本によって雇われる労働者数の減少を意味するから、（三）労働生産性の増大が進むほど、失業者が増大し、労働者の生活はますます苦しくなる。こうして、資本主義の下で労働生産性が発展すればするほど、労働者自身は貧困化し奴隷状態に落ち込む。

互いに矛盾する諸前提――何れを前提しても実質賃金は増大する

以上のようなマルクスの主張は、彼が価値論や剰余価値説で前提したことと反対のことを前提しており、マルクス経済学体系の破綻を示している。

第一に、マルクス自身が主張した労働価値説に従えば、生産性の増大によって生産手段の量が増

大しても、生産手段を生産する労働の生産性も同じ程度に増大するならば、生産手段一単位の価値が同程度に減少するから、生産手段総量の価値は変化しないはずである。生産手段総量の価値が増大するのは、生産手段生産部門の生産性が不変または比較的に遅く増大する場合だけである。ところが彼自身は逆に、生産手段生産部門の生産性は比較的に早く増大すると考えているのである。

第二に、「与えられた価値量の可変資本によって使われる同じ労働者数、同量の労働力」、したがって平均的な労働者一人の「労働力の価値」（＝賃金）は不変という前提に従えば、その賃金で買うことのできる生活手段の量すなわち実質賃金は、労働生産性の増大に比例して増大することになる。各労働者の生活は非常に豊かになるはずである。

第三に、「労働力の価値」が不変と前提することは、実質賃金（賃金によって購入できる生活手段の量）が「一定の社会の一定の時代には与えられており、従って不変量としてとり扱われうる」（『資本論』第一巻第五篇第一五章）ので、労働力の価値は労働の生産性の増大に反比例して減少し、その減少分だけ剰余価値が増大するという彼自身の相対的剰余価値論に反している。労働力の価値が減少し続けるならば、同額の可変資本（＝賃金総額）によって購入される労働力は増大し続け、やがて労働力が不足して賃金は上昇する。

以上のようにマルクスは、労働者階級窮乏化説を証明するために、生産手段を生産する労働生産性は不変であるという非現実的な前提をしただけでなく、「労働力の価値」は不変だと前提したり、逆に実質賃金が不変で「労働力の価値」は労働の生産性に反比例して減少すると前提したりと、矛盾する前提をしているが、何れの前提からも、労働者階級窮乏化説とは反対に、実質賃金は増大するという結論が生ずるのである。

資本主義の進展は貧困と隷属を解消し、共産主義こそが国民を奴隷化した

事実、資本主義の発展こそが貧困と隷属を解消し、生活水準の全般的上昇をもたらしてきた。逆に、資本主義を廃棄した後に構築された共産主義こそが、共産党指導者たちへの「富の蓄積」と労働者階級における「貧困、労働苦、奴隷状態」をもたらした。もともとマルクス経済学は論理的に破綻しているが、それは、マルクス理論に基づく経済運営の必然的な破綻という歴史的事実として顕在化した。

以上のように、マルクス経済学は論理的矛盾に満ちていて、彼が前提したことからは彼の主張とは反対の結論が生じる。だからこそ、現実の世界では、資本主義経済は、共産主義その他の反自由主義的権力によって妨げられることなく自然に発展すればするほど、賃金労働者の生活水準を上昇させ、社会全体を豊かにしてきた。働く人々の貧困や隷属をもたらすのは、資本主義を根絶して構築される共産主義の方だった。マルクス理論の倒錯性は、この対照的な現実に表されているのである。

ブックデザイン・本文組版　星島正明

金子 甫（かねこ・はじめ）

筆者略歴

昭和7年　東京市（現在、東京都）に生まれる
満洲の奉天市（現在、中国の瀋陽《しんよう》市）で少年時代を過ごし、
終戦の翌年、昭和21年10月に引き揚げ（博多港上陸）

昭和31年　九州大学経済学部卒業

昭和37年　九州大学大学院経済学研究科博士課程単位取得

【主著】

『資本主義と共産主義――マルクス主義の批判的分析』（文眞堂、平成元年）、『経済学の原理――マルクス経済学批判・近代経済学の是正』（文眞堂、平成7年）、『経済学的自然観の歴史――土地と労働の学説史の分析』（文眞堂、平成9年）、『人類社会の形成と市場経済』（文眞堂、平成12年）、『毛沢東思想の全体像――本質と歴史・井崗山から核大国へ』（東洋出版、平成23年）※国際言語文化振興財団より国際理解促進図書優秀賞を受賞

【職歴】

桃山学院大学経済学部教授、龍谷大学経済学部教授

平成13年　龍谷大学定年退職

現在　龍谷大学名誉教授

昭和生まれの満洲育ち

共産主義・地獄からの脱出、格闘、結着

平成31年4月19日　第1刷発行

著　　者　金子　甫
発 行 者　皆川豪志
発行・発売　株式会社産経新聞出版
〒100-8077 東京都千代田区大手町1-7-2 産経新聞社8階
電話 03-3242-9930　FAX 03-3243-0573
印刷・製本　株式会社シナノ
電話 03-5911-3355

ISBN978-4-86306-145-3　C0095
